Fick dich!

Oder doch mich?

Nastassia Cherny

Inhaltsverzeichnis

Bibliografische Information der Deutschen Nationalbibliothek: Die Deutsche Nationalbibliothek verzeichnet diese Publikation in der Deutschen Nationalbibliografie;
detaillierte bibliografische Daten sind im Internet über dnb.dnb.de abrufbar.

Verlag: BoD · Books on Demand GmbH, Überseering 33,
22297 Hamburg, bod@bod.de

Druck: Libri Plureos GmbH, Friedensallee 273, 22763 Hamburg

ISBN: 978-3-7693-5748-6

Von Kinderröcken und Prostata Tabletten

Seit einer Stunde saßen wir schon in unserem wöchentlichen Teammeeting, wobei das Wort Team, hier eine falsche Vorstellung vom Ablauf geben könnte. Eigentlich hätte es Ana-Meeting heißen müssen, weil dieser wöchentliche Termin ihr großer Auftritt war. Die männlichen Kollegen, die ganz offensichtlich in der Überzahl waren, lehnten sich zurück und genossen die Show.

An diesem Freitag ging es um unseren größten Kunden. Jake, der Bereichsleiter hatte gerade die weitere Vorgehensweise erklärt und um Feedback gebeten. Einige waren vielleicht tatsächlich an ihrer Meinung interessiert, sie war ja nicht dumm. Ein Miststück, aber kein dummes Miststück. Der Rest interessierte sich nur dafür, wie sie mit ihren Haaren spielte und ihre billig präsentierten Möpse wackeln ließ. Mit der Hälfte der Kollegen im Raum hatte sie geschlafen. Nicht etwa, weil sie es wollte oder sie so verdammt sexy waren, nein, es ging dabei um reine Berechnung und ihr Erfolg sprach für die Qualität ihrer Blowjobs. Ehre wem Ehre gebührt. Selbst wenn ich es versucht hätte, niemals hätte ich mich von einem dieser alten Mumien, die nach abgegriffenen Münzen und Prostata Tabletten rochen, angreifen lassen können, ohne mich dabei zu übergeben.

Ihre Mundwinkel gingen nach oben und ihre roten Lippen formten sich zu einem Lächeln, was für mich der Startschuss war, um mich gedanklich auszuklinken und sie auf stumm zu stellen. Meine Kollegin Laura und ich bemühten uns, Denkaufgaben mit in unsere Teammeetings zu nehmen, um uns geistig von dieser Farce zu distanzieren und die Zeit gut zu nutzen, in der die Ana-Show lief. Es dauerte eine Weile, bis wir aufhörten, uns darüber zu ärgern, und einen Weg fanden, aus dem Kabarett das Beste zu machen.

Ana stellte sich im Anschluss vor den Türrahmen und verabschiedete sich von jedem persönlich, ganz so als wäre es tatsächlich ihr großer Auftritt gewesen. Als sie in voller Pracht vor mir stand, bemerkte ich erst den Kinderrock. So kurze Röcke mussten aus der Kinderabteilung kommen, oder aus einem Sexshop, aber dafür war das Teil mit seiner pinken Baumwolle zu brav. Wieso provozierte alles an dieser Frau?

Alleine ihr Make-Up schrie mich jeden Tag schon von Weitem an. Ihre penetrante Stimme war ebenfalls alles andere als dezent und mit allem, was sie sagte oder tat lechzte sie förmlich nach Aufmerksamkeit. Kaum war ich aus diesem beklemmenden Besprechungszimmer draußen, konnte ich wieder atmen. Der schlimmste Termin lag hinter mir und heute Abend würden wir alle feiern gehen.

Ich arbeitete für den größten Energiekonzern in Michigan, Detroit Energy. Schon für mein Studium zog ich von Romeo nach Detroit und habe meine Entscheidung in die Großstadt zu ziehen nie bereut. Ana ist für das Marketing der Privatkunden zuständig und entwickelt Strategien, um Kunden in den Bereichen Strom und Erdgas für uns zu gewinnen. Mein Gebiet sind Industriekunden und hier wird Einzelkundenbetreuung ganz groß geschrieben. Diese Betriebe haben rund um die Uhr offen und benötigen im Schichtbetrieb Energie, und zwar verdammt viel davon. Mein Kundenstamm bestand fast nur aus männlichen, älteren Geschäftsführern und ich kam mit allen sehr gut aus. Meine Termine mit ihnen verliefen professionell. Alle wussten, dass sie mir vertrauen konnten und ich mit offenen Karten spielte. Wenn die Konkurrenz bessere Angebote hatte, dann gab ich das offen zu und versuchte mitzuhalten. Mein Handschlag hatte Bedeutung und das schätzten meine Kunden an mir.

Ana hatte einen großen Erfolg mit ihrer letzten Kampagne, deshalb hatte Jake uns alle in einen Club, nahe der Firma eingeladen. Jake war ein netter Kerl, solange Ana nicht im selben Raum war. Getrennt von seinem Kryptonit war er ein vernünftiger Mann mit Durchsetzungsvermögen. Sobald allerdings Ms. Kinderrock bei der Tür hereinspazierte, schaltete sich sein Gehirn aus, weil sein Blut in anderen Körperregionen gebraucht wurde. Ich hasste es, seiner Frau zu begegnen und ihr ins Gesicht zu lächeln, obwohl wir alle wussten was er tat, und mit wem er es tat.

Direkt nach der Arbeit wollten wir zuerst ins Liberium auf ein paar Cocktails, bevor es dann weiter in den TigersClub ging. Ich mochte den Club, weil immer viel los war, laute Musik mit viel Bass spielte und es als Einstimmung für meine Wochenenden perfekt war. Laura begleitete mich oft und wir machten uns ein paar gute Stunden, bevor dann jeder seinen Weg ging und sich ins Wochenende verabschiedete. Heute würden wir alle dort sein, tanzen, trinken und

nachdem Ana dabei war wohl auch peinlich herum-
fummeln.

Sex on the Beach

Das Liberium war gut besucht und die Kellner kamen mit den Bestellungen nur schwer nach. Meine Kollegin mit dem lauten Organ saß direkt neben mir. Ihr schrilles Lachen war für meine Ohren wie das Kratzen einer Gabel an der Schultafel. Mein Glück war, dass sie mir keine Beachtung schenkte und die meiste Zeit mit dem Rücken zu mir saß. Laura musste kurz nach Hause und wollte erst im TigersClub wieder zu uns stoßen. Der Leiter der IT Abteilung, George, war mir vom ersten Tag an sympathisch und ich war dankbar dafür, dass er rechts von mir saß. Er war ein Nerd, aber nachdem ich selbst gerne ab und zu Science-Fiction Bücher und Fantasy Geschichten las, war das für mich kein Problem. Weil wir bereits mehr als eine Stunde über Herr der Ringe gesprochen hatten, wurde es langsam an der Zeit George zurück in die Realität zu holen, bevor er damit beginnen konnte mit mir elbisch zu reden.

»Holst du uns noch eine Runde? Ich sitze leider schon wieder am Trockenen und die Kellner wollen mich einfach nicht sehen.«

George schien zwar traurig über die plötzliche Unterbrechung, weil er doch gerade so in Fahrt war, aber er nickte und verschwand in Richtung Theke, um uns Nachschub zu besorgen.

»Dieser George ist doch wirklich ein verrückter Typ. Ich glaube, der würde seine Nächte lieber mit einer Spielfigur als einer Frau verbringen.«
Und da war es wieder, das schrille Gelächter zu meiner Linken. Ana hatte mich wohl doch im Blick behalten, um sicherzugehen, dass ich ihr keinen guten Fang wegschnappen würde. George war in ihren Augen kein wichtiger Schachzug, obwohl er viel zu sagen hatte. Weil er ihr aber wohl seltsam erschien, durfte ich ihn ruhig haben. Wie ein Kind das mit einer Plastiktüte spielen durfte, aber ja nicht mir einer hübschen Puppe.

»George ist ein netter Kerl. Er ist verdammt scharfsinnig, hat Fantasie und ganz nebenbei kann er auch noch Karate.«
Ana drehte ihre Augen über, kicherte abfällig und drehte sich wieder zu Ted um, dem Leiter der Personalabteilung. Ted stand kurz vor seiner Pensionierung, hatte für sein Alter zwar ein recht ansehnliches Gesicht, aber dank seiner enganliegenden

Hemden konnte man sein wabbeliges Rückenfett gut erkennen. Sein Körper hatte eine unheimliche Ähnlichkeit mit einer unsportlichen Qualle. Und trotzdem schenkte Ana ihm ihr verführerischstes Lächeln, der Personalchef war ja wichtig.

George kam mit zwei Mai Tai's zurück. Angeregt durch das Gespräch mit Ana, lenkte ich unsere Unterhaltung weg von Mittelerde hin zu Kampfsport. Es machte wirklich Spaß, mit ihm zu reden und so verging die Zeit bis zum Ortswechsel auch für mich recht schnell.

Für die Arbeit hatte ich immer dezentes Make-Up aufgelegt, und hatte nicht vor das heute zu ändern. Obwohl es keine Dienstzeit mehr war, aber ich war inmitten meiner Arbeitskollegen und wollte eine klare Trennung zwischen der privaten und der beruflichen Alex. Meine Beine zu zeigen war ebenfalls etwas das ich in der Firma vermied und deshalb trug ich wie immer eine Hose. Eine schwarze Leggins in Lederoptik und darüber eine weite, weiße Bluse. Mein dunkles Haar hatte ich zu einem hohen Pferdeschwanz gebunden und damit mein Gesicht nicht ganz so nackt wirkte, trug ich zierliche, goldene Ohrringe, die mir fast bis zu den Schlüsselbeinen hingen.

Um einen kleinen Cut zwischen Arbeit und Club zu bringen, beschloss ich, auf der Damentoilette die Augen dunkler zu schminken als für mein Arbeitsleben üblich. Ich sah mich im Spiegel an, und war zufrieden mit der Frau, die mir entgegenblickte. Voller Vorfreude ging ich aus der Toilette und suchte George. Anscheinend wurde mir auch meine Plastiktüte genommen, denn Ana stand neben ihm, legte ihre Hand an seinen Oberarm und war sichtlich darum bemüht, seine Aufmerksamkeit zu erlangen. Berechnend wie sie nun mal war, sah sie zu mir und gab mir ein telepathisches »Fick dich, auch wenn ich ihn nicht wollte, du kriegst ihn ganz bestimmt nicht«.

Ich war an ihm nicht interessiert, genauso wenig wie an all meinen anderen Arbeitskollegen, immerhin war es ja die Arbeit und die wollte ich tunlichst von meinem Privatleben trennen. Aber mit George verlor ich den einzig netten Typen, mit dem ich mich ungezwungen unterhalten konnte.

Jake sammelte uns alle zusammen und führte uns wie ein Schülerlotse in den Club. Der TigersClub war nur wenige Minuten entfernt. Eine lange Schlange hatte sich vor dem Eingang gebildet, aber nachdem Jake den VIP Bereich reserviert hatte, konnten wir gleich nach vorne und an den Türstehern vorbei. Auch hier war es voller Menschen. Es fiel mir schwer, Jake zu folgen und mich durch die Menge zu drängeln. Hinter uns sperrte ein Securitytyp den ich nicht kannte, die Zone wieder mit einer langen Kordel ab und stellte sich zwischen uns und dem Pöbel. Normalerweise war ich Teil des Pöbels und als ich hinunter zur Tanzfläche sah, fehlte es mir. Hier oben saß ich mit einer Horde langweiliger alter Männer und Ana. Jake kam auf mich zu und gab mir ein Glas Champagner in die Hand.

»He, jetzt mach dich doch mal locker. Nimm dir ein Beispiel an Ana, sie amüsiert sich prächtig. Da unten, ist das Laura?«

Sie stand an unserm Stammplatz, von dem aus man die Tanzfläche gut im Blick hatte und da es Grenzgebiet war, konnte man tanzen oder auch einfach nur mitschwingen mit einem Glas in der Hand. Schnell winkte ich und deutete ihr, zu uns herauf zu kommen. Meine Rettung war endlich in Sichtweite. Der finstere Typ von der Security wollte sich schon wie eine menschliches Schutzschild zwischen uns und Laura stellen, doch ich gab ihm sofort zu verstehen, dass Laura eine Kollegin von uns war und kein Teil des

Pöbels. Fragend sah er zu Jake und als er ihm zunickte, öffnete er die Absperrung für sie.

»Wieso hat das so lange gedauert?«
Laura lächelte mich entschuldigend an und griff nach einem Glas Champagner. Wir prosteten uns zu und ich war froh, dass einem tollen Abend nun nichts mehr im Weg stand. Laura und ich tanzten ausgelassen. Die Musik war großartig. Nach ein paar Liedern kam Ana zu uns und versuchte mit aller Gewalt sich zwischen uns zu drängeln um einen sexy Tanz abzuliefern. Sie sah immer wieder zu den alten Mumien und genoss die Blicke von ihnen auf ihrem halbnackten Körper. Laura und ich mussten uns bemühen weiter zu tanzen und sie zu ignorieren. Wir waren hier nicht in der Arbeit, deshalb wollte ich mir das nicht weiter gefallen lassen.

»Was tust du da?«
Ana drehte sich zu mir, und legte ihre Hände an meine Hüften um mit mir gemeinsam im Takt zu wippen.
»Ganz locker Alex, ich weiß, dass es dir schwerfällt, weiblich und sexy zu sein, aber ab und zu würde dir ein wenig Sexappeal ganz gut tun. Sieh nur wie mich die Männer ansehen, so etwas könntest du nie bei

einem Mann auslösen, mit deiner langweiligen Art. Du könntest was von mir lernen, sieh den Abend heute doch als Lehrstunde.«

Ich musste all meine mentale Kraft bündeln, um ihr nicht mitten ins Gesicht zu schlagen.

Ana nahm Blickkontakt mit einem Mann, unten in der Menge auf. Normalerweise würde sie doch nie ihre reichen und einflussreichen Mumien abservieren, um mit einem wirklich attraktiven Kerl Spaß zu haben. Ich bemühte mich, ihrem Blick zu folgen, aber konnte nicht erkennen, wen sie da so verzweifelt anlächelte.

»Siehst du den Typ da unten, der mit dem schwarzen Hemd? Der spielt in meiner Liga und den werde ich mir heute mit nach Hause nehmen.«

Jetzt erkannte ich den Mann. Er war groß, hatte dunkelblondes Haar und sein dunkles Hemd stand ihm wirklich gut. Meine Pupillen weiteten sich und mein Magen fühlte sich an, als hätte ich einen Schlag abbekommen.

Dieser Mann war nicht irgendein Fremder, ich kannte ihn. Ich wuchs mit ihm gemeinsam auf, wir waren Nachbarn und Freunde gewesen. Kurz bevor ich nach Detroit zog, um hier zur Uni zu gehen, wollte er, dass ich bleibe und wir ein Paar werden. Chris war ein toller Junge und ich war sogar ein wenig verliebt in ihn gewesen. Mittlerweile war er ein heißer Mann geworden, aber es war auch über zehn Jahre her.

Als Chris mich gebeten hatte zu bleiben, da wusste ich, dass ich nie aus Romeo rauskommen würde, mit ihm an meiner Seite. Also war ich eiskalt und erklärte ihm, dass ich kein Interesse an ihm hätte. Meine Mutter erzählte mir, dass er mittlerweile mit Katy verheiratet war.

Nur wenige Monate nachdem ich Romeo verlies, kamen sie zusammen und heirateten bald darauf. Mein letzter Stand war, dass er beim Militär angefangen hatte. Ana wollte also Chris um den Finger wickeln und mir mit ihm beweisen, dass sie jeden haben konnte, aber diesen Plan würde ich durchkreuzen, und zwar so richtig.

»Also glaubst du nicht, dass dieser Typ mit einer Frau wie mir den Club verlassen würde?«
Ana lachte wieder ihr abstoßendes Lachen und kam mit ihren Lippen ganz nahe an mein Ohr.
»Nie im Leben und schon gar nicht wenn er weiß, dass er mich haben kann.«
Ich fühlte mich, als hätte eine typisch leichtbekleidete Frau, neben mir den Startschuss zu einem Rennen gegeben und Ana und ich fuhren gegeneinander.

»Na gut, dann solltest du vielleicht einmal nach unten gehen und dein Glück versuchen, ich lasse dir gerne den Vortritt.«

Sie begann damit ihr Haar zu richten und ihre zwei ballonartigen Attribute so aufreizend wie nur möglich zu verstauen.

»Bitte sei danach nicht enttäuscht, aber du wolltest es ja unbedingt wissen.«

Von sich selbst überzeugt, stöckelte sie anmutig die Stufen hinunter zur Tanzfläche und ging auf Chris zu. Jetzt erkannte ich sogar seine Grübchen wieder, die sich an seinen Wangen bildeten, wenn er lachte. Sein getrimmter Bart verdeckte sie nur leicht. Er unterhielt sich mit einem Freund, den ich nicht kannte.

Chris war offensichtlich in der Zwischenzeit nicht erblindet und schwul schien er ebenfalls nicht geworden zu sein, denn sein Blick blieb an Ana hängen und zeigte unverblümt sein Interesse an ihr. Ich konnte es ihm nicht verübeln, sie war eine attraktive Frau. Verzweifelt versuchte ich mich abzulenken und das Geschehen nicht weiter zu beobachten. Laura wusste noch nichts von meiner Wette mit Ana, deshalb berichtete ich ihr alles, auch, dass ich Chris schon kannte.

»Was? Dieser süße Typ da unten wollte, dass du für ihn in Romeo bleibst? Du bist verrückt. Bei dem wäre ich bestimmt geblieben.«

Ich musste zwar lachen, aber eigentlich war ich gerade stinksauer. Was bildete sich diese Ana ein? Wenn sie auch nur einen kleinen Einblick in mein Leben gehabt hätte, dann hätte sie gewusst, wie sehr sie sich in mir getäuscht hatte. Ganze zwei Gläser Champagner lang, wartete ich darauf, dass sie wieder zu uns herauf kam und mir damit den Startschuss gab, um selbst mit Chris zu reden. Ich drehte mich um, und da stand sie mit einem Lächeln im Gesicht und schob ihr Kinn leicht nach vorne.

»Der Typ ist Wachs in meinen Händen. Viel Glück Alex.«

Sie ging sofort weiter zu Jake und ignorierte mich wieder, wie üblich. Ich war mir noch nicht sicher darüber, wie ich die Sache angehen würde, aber ich würde Chris von meiner Wette erzählen und ihn bitten mit mir den Club zu verlassen, soweit stand mein Plan fest. Laura zwinkerte mir zu und verabschiedete sich schon mal von mir.

»Viel Spaß und schnapp ihn dir, Tiger.«

Wieder musste ich lachen, obwohl mir dazu eigentlich nicht zumute war. Den gesamten Weg lang, überlegte ich, wie ich das Gespräch beginnen würde. Er stand mit dem Rücken zu mir und sein Freund schien zu erkennen, dass ich Chris anstarrte. Bevor er ihn vor mir warnen konnte, ging ich ein paar Schritte auf sie zu und tippte Chris an die Schulter. Er drehte sich um und sah mir direkt in die Augen. Da war es wieder, dieses Gefühl, das ich immer hatte, wenn er mir so tief in die Augen sah, so als wäre seit unserem letzten Gespräch die Zeit stehen geblieben.
Es dauerte keine Sekunde und sein Gesichtsausdruck verriet seine Überraschung.

»Alex, bist du es?«
Sofort nahm er mich in den Arm und drückte mich fest an sich. Er war noch größer geworden, obwohl er mir auch in Romeo schon riesig vorkam, und seine Arme waren heute muskulöser als früher. Ich fühlte mich, als wäre ich in einer Blase mit Chris. Alles rundherum um uns verlor an Bedeutung und verblasste. Verdammt ich hatte vergessen, dass ich ihn damals wirklich gern hatte und binnen Sekunden wusste ich auch wieder wieso. Hier in Detroit war mir das nur einmal passiert. Die Beziehung mit einem Kollegen war kurz und hässlich, aber damit wollte ich mich

jetzt nicht befassen. Wenn ich an Chris und mich dachte, dann gab es da nur glückliche Erinnerungen, bis auf unseren Abschied. Er drückte mich mit seinen Händen an meinen Schultern etwas von sich, um mich anzusehen, und ich fühlte mich plötzlich nackt. Ich fragte mich, was er über die erwachsene Alex dachte. Noch bevor ich etwas sagen konnte, sprudelte es nur so aus ihm heraus.

»Das ist Wahnsinn, du hier. Du siehst fantastisch aus. Komm, wir trinken was.«
Sein Freund reichte mir seine Hand und begrüßte mich.
»Hi, ich bin Steve. Du scheinst eine bekannte Unbekannte zu sein, wenn ich das richtig verstehe.«
Ich streckte Steve ebenfalls meine Hand entgegen.
»Das hast du sehr gut erkannt, ich bin Alex. Chris und ich sind zusammen in Romeo aufgewachsen und haben uns aus den Augen verloren.«

Chris, lies mir keine Zeit, um weiter mit Steve zu reden. Er zog mich an meiner Hand Richtung Bar, bestellte zwei Shots und zwei Sex on the Beach. Bei der Cocktailauswahl musste ich lächeln, weil ich diesen Drink das letzte Mal gemeinsam mit ihm getrunken hatte. Dieses süße Zeug war immer schon seine erste Wahl und ich habe danach nie mehr einen Mann getroffen, der so einen zuckersüßen Mädchencocktail getrunken hätte.

»Immer noch dein Cocktail? Manche Dinge ändern sich wohl nie.«
Chris zückte seine Geldtasche und reichte dem Kellner das Geld.
»Und du bist wohl immer noch gleich frech wie früher.«
Schnell nahm er die zwei Shots von der Theke und reichte mir einen.
»Auf unser Wiedersehen.«
Mit diesen Worten prostete er mir zu und wir kippten uns die brennende Flüssigkeit hinunter.

DeLorean – volle Kraft voraus

Wir schnappten uns die Früchtecocktails mit Schirmchen und kämpften uns zurück zu Steve.

»Was tust du hier in Detroit?«

Chris überlegte kurz, so als würde er mir nicht alles
erzählen und sich noch ein paar Karten in der Rück-
hand behalten wollen.

»Mein Dad, er hat hier eine zweite Tischlerei eröffnet
und ich leite sie seit kurzem.«

Steve und Chris sahen sich an und ich bemerkte
sofort, dass Chris ihm wortlos zu verstehen gab, seine
Geschichte nicht zu ergänzen.

»Du bist Tischler? Ich dachte, du bist beim Militär
und verheiratet mit Katy.«

Er rollte seine Augen und sah mich vorwurfsvoll an.

»Sag mal, hast du mich etwa die ganze Zeit beobachten lassen? Du konntest mich wohl nicht vergessen.«

Der letzte Schluck kam mir fast wieder hoch.

»Genau, und dieser Spion den ich auf dich angesetzt
habe heißt Linda. Ziemlich harte Nuss und wirklich
total geheimnisvoll.«

Linda war meine Mutter, und Chris und sie hatten immer eine gute Beziehung. Es gab niemanden, der mit meiner Mutter nicht konnte, sie war eine beinahe unmenschlich freundliche Person, aber eben auch verflucht neugierig.

»Wenn das so ist, hatte ich wohl nie eine Chance. Deine Mom ist zu gut.«

Chris fasste mir um die Hüfte und zog mich etwas zu sich. Sein Duft war wie die Fahrt mit dem *Zurück in die Zukunft DeLorean* und auf einmal fühlte ich mich wieder wie sechzehn.

Früher lagen wir oft zusammen unten am Fluss und Chris gab mir sein Hemd, wenn es kalt wurde. Schon damals roch ich gerne daran, wenn er gerade nicht hinsah. Genau in diesem Moment hätte ich gerne wieder meine Augen geschlossen, und wie ein hormongesteuerter Teenager an seinem Hemd gerochen, einfach nur, um mich noch einmal so zu fühlen. Das Leben war so unbeschwert und leicht, ich hatte ganz vergessen, wie sehr ich diese Gefühle vermisste.

»Also Alex, was tust du so, was ist aus dem Mädchen geworden, das mir mein Herz gebrochen hat, um in die große Stadt zu gehen?«

Das saß, ich musste mich wieder fangen und nicht vergessen, wieso ich zu ihm gegangen war.

»Chris, ich muss dir etwas gestehen. Vorhin war eine Frau bei dir, Ana, sie ist eine Kollegin von mir.«
Er sah mich fragend an und verstand nicht, worauf ich hinaus wollte. Wie sollte er auch? Ich musste konkreter werden.

»Sie ist ein Miststück, vertrau mir. Du bist ihr heute sofort aufgefallen und wir haben gerade eine Wette laufen. Du musst mir den Gefallen tun und mit mir gemeinsam den Club verlassen. Wenn sie noch mal her kommt und dir schöne Augen macht, und das wird sie, dann mach ihr bitte klar, dass ich deine Wahl bin. Tust du das für mich?«
Chris sah jetzt nach oben zu Ana und sein Lächeln verschwand plötzlich.

»Deshalb bist du zu mir gekommen? Wegen einer Wette. Wärst du auch ohne diesen schwachsinnigen Zickenkrieg zu mir gekommen?«
Erst jetzt wurde mir klar, wie das alles für Chris aussehen musste.
»Wenn Ana dich nicht so angestarrt hätte, dann hätte ich dich vermutlich nicht bemerkt, weil ich mit einer

Kollegin da oben gerade eine gute Zeit hatte. Aber wenn ich dich gesehen hätte, dann wäre ich natürlich auch ohne dieser Wette, zu dir gekommen.«

Der Cocktail schien ihm immer noch richtig gut zu schmecken, denn er nahm einen großen Schluck, bevor er mich wieder ansehen konnte.
»Ich will dir mal glauben. Und eigentlich müsste ich mich wohl geschmeichelt fühlen, dass zwei so attraktive Frauen sich um mich prügeln.«

Ich boxte ihm gegen die Schulter und sah ihn gespielt verärgert an.
»Du bist immer noch derselbe Idiot wie früher.«
An dem Gesichtsausdruck von Chris erkannte ich, dass Ana auf uns zukam und gleich hinter mir stehen würde. Chris nickte mir zu und ich formte ein Danke mit meinen Lippen.
»Du hast wohl meine Kollegin Alex kennengelernt, wie ich sehe.«
Ana stellte sich neben mich und legte ihre Hände auf seinen Nacken. Passend zur Musik lies sie ihre Hüften hin und her schaukeln und sah ihn dabei verführerisch an.
Chris nahm ihre Hände von seinem Nacken und wurde plötzlich eiskalt.

»Du denkst, du kannst dir alles erlauben, weil du gut aussiehst, dich sexy präsentierst und eine Frau bist, aber da bist du falsch bei mir.«

Chris legte seine Hände auf meinen Hintern und zog mich zu sich. Er war so groß, dass ich mich trotz meiner Stöckelschuhe ganz automatisch auf die Zehenspitzen stellte. Seine Zunge öffnete meinen Mund und ließ mich gierig werden. Fordernd drängte er sich immer tiefer und ich umspielte den Eindringling mit meiner Zunge, so als würde ich einen Einbrecher willkommen heißen und ihm alle Türen öffnen. Seine Hände drückten mich so fest gegen seinen Schritt, dass ich den nächsten Einbrecher an meine Tür schon spüren konnte. In meinem Unterleib fing es an zu ziehen und meine Nippel drückten gegen den BH. Beinahe hätte ich vergessen, wo ich gerade war und vor allem wer uns beobachtete. Noch bevor ich mich wieder fangen konnte, zog Chris selbst die Reißleine, und beendete den angehenden Trockenfick. Ich hatte in der Hinsicht schon so einiges erlebt, trotzdem warf mich dieser unerwartete Augenblick zwischen uns kurz aus der Bahn.

»Gehen wir?«, fragte Chris mich während er mich mit einem verführerischen Lächeln ansah und mir seine Hand hinhielt. Gierig und ohne lange darüber nachzudenken, griff ich nach seiner Hand. Beinahe hätte ich ihm das Schauspiel abgekauft. Ana sah uns entsetzt von der Seite aus an und ich erkannte, dass ihr Weltbild gerade zerstört wurde.

»Natürlich, wie könnte ich bei so einem Vorspiel nein sagen? Schönen Abend Ana, viel Spaß mit den Mumien. Und wie hast du vorher zu mir gesagt? Bitte sei jetzt nicht enttäuscht, aber du wolltest es ja unbedingt wissen.«

Ohne ihre Reaktion abzuwarten, drehte ich mich um und folgte Chris.

Vielleicht war es der Alkohol, aber ich fühlte mich gigantisch gut. Diesem Miststück hatte ich es gezeigt und zwar so richtig. In meinen wildesten Träumen hätte ich mir das nicht herrlicher ausmalen können. Chris sah immer wieder zurück zu mir, während er sich voraus durch die Menschenmenge kämpfte. Gerade als wir am Eingang vorbei wollten, hielt Marc uns auf. Ich kannte ihn, er war ein netter Kerl und seit ein paar Monaten der Chef der Türsteher.

»Ist hier alles okay? Alex, geht es dir gut?«

Ich hatte den Club noch nie mit einem Mann verlassen, das wusste Marc. Er interessierte sich für mich. Mehr als nur einmal, hatte er mir auf die nette, unsichere Art versucht es zu zeigen.

»Hi Marc! Das ist ein Freund von früher, alles gut.«
Chris wirkte plötzlich nicht mehr gierig nach mir,
sondern schien angepisst von Marc zu sein.
»Was geht dich das eigentlich an?«, keifte Chris.
Marc deutete seinem Kollegen, für ihn die Eingangs-
kontrolle zu übernehmen und ging auf Chris zu.

»Typen wie du glauben immer, dass sie sich die
betrunkenen Mädels einfach so schnappen und
scheiße behandeln können, aber ich habe ein Auge
auf euch. Und auf dieses Mädel passe ich persönlich
auf, also überleg dir, was du zu mir sagst.«
Sofort ging ich zwischen die beiden und schlichtete
den verbalen Schwanzlängenvergleich.
»Chris, das ist Marc. Wir kennen uns schon länger,
ich komme nämlich regelmäßig hier her. Er wollte
sich nur erkundigen, ob alles in Ordnung ist, das war
alles, nicht wahr?«

Marc nickte langsam, schien Chris dabei aber nicht
aus den Augen lassen zu wollen. Ich bedankte mich
noch mal für seine Fürsorge und begann damit einen
Stellungswechsel zu vollziehen. Ich zog Chris hinter
mir her und ging voraus, um Distanz zwischen die
Jungs zu bringen.

»Was sollte das denn? Dir ist schon klar, dass dieser Muskelprotz professionell Männer verprügelt, oder? Der macht das beruflich und somit ziemlich oft und gut. Wieso hast du so angepisst reagiert?«

Hinter der ersten Straßenecke blieb ich stehen und sah ihn fragend an.

»Der Typ war doch einfach nur ein aufgeblasenes Arschloch, und das einzige, was der professionell macht, ist vor langweiligen Pornos zu wichsen und sonst nichts.«

Ich versuchte mir, das von Chris beschriebene Bild vorzustellen und schüttelte den Kopf.

»Du spinnst doch, sei kein Arsch. Er hat sich Sorgen gemacht, und das war alles nur nett gemeint von ihm.«

Er kam einen Schritt auf mich zu und bückte sich leicht hinunter zu mir, vermutlich damit ich seinen nächsten Worten nicht ausweichen konnte.

»Dir ist schon klar, dass der Kerl dich nur ins Bett kriegen will und kein netter Samariter ist, oder?«

Was war nur in den letzten Minuten geschehen? Als wir aus den Club gingen, war ich gefühlte zehn Meter groß und jetzt?

»Chris bitte, lassen wir das Thema einfach. Wir haben heute ziemlich viel getrunken, hatten Spaß und ich muss dir wirklich dafür danken, dass du mir den besten Moment seit langer Zeit verschafft hast, aber ich denke hier trennen sich unsere Wege wieder.«

Er zog die Augenbrauen hoch und schien überrascht, aber bemühte sich auch, schnell wieder durchzuatmen.

»Wenn du das nächste Mal einen Retter brauchst, den du sofort wieder von dir stoßen kannst, wenn er alles für dich erledigt hat, tu mir den Gefallen und bitte doch Marc um seine Hilfe und lass mich in Frieden. Ich hab es satt von Frauen benutzt zu werden.«

Ohne sich zu verabschieden, drehte er sich um und ging immer weiter, bis ich ihn nicht mehr sehen konnte.

Dumm, dümmer, Alex

Das Wochenende verging viel zu schnell. Ich musste
immer wieder an Freitagabend denken. Meine Wohnung verlies ich nur ein einziges mal, und zwar um
laufen zu gehen. Die restliche Zeit verbrachte ich auf
dem Sofa und starrte entweder die Wand oder den
Fernseher an. Erst vor einem Jahr hatte ich mir diese
viel zu große Wohnung gekauft. Detroit bezahlte mir
ein stattliches Gehalt und weil ich gute Erfolge bei
wichtigen Kunden hatte, bekam ich immer wieder
Bonuszahlungen. Irgendwann war ich es leid das
Geld zu horten, und investierte es in eine Wohnung.

Sonntagabend kam viel zu schnell. Verzweifelt
bemühte ich mich, munter zu bleiben, weil ich nicht
wollte, dass ich meine Augen öffnete und es Montag
wurde.

Laura hatte mich das ganze Wochenende über mehrmals angerufen, aber ich hatte keine Lust abzuheben
oder sie zurückzurufen. Das tat mir leid, als ich sie im
Büro sah und sie wütend auf mich zu kam.

»Na sieh mal einer an, sie lebt. Wieso gehst du nicht ran und wieso rufst du mich nicht zurück? Ich hab mir Sorgen gemacht. Marc hat mir von eurer Unterhaltung erzählt.«

Nichts was ich hätte sagen können, hätte mein Verhalten beschönigen können, also entschied ich mich für die Wahrheit, und zwar die ganze Wahrheit.

»Es tut mir leid, und das meine ich ernst. Mein Wochenende war ein einziger Albtraum. Freitagabend war zwar einerseits der totale Wahnsinn, weil ich Ana endlich mal angepisst stehen lassen konnte, aber irgendwie wurde es danach seltsam. Chris und Marc hatten einen peinlichen Schwanzlängenvergleich und Chris war danach verändert. Wir haben uns gleich nach dem Club voneinander verabschiedet und ich hab das Gefühl, dass er von seiner Frau oder Ex-Frau ziemlich verarscht wurde und das noch nicht verdaut hat. Es war seltsam und eigentlich möchte ich den ganzen Abend am liebsten vergessen.«

Laura nahm mich in den Arm und drückte mich kurz. »Ein Wort und ich wäre zu dir gekommen. Wir hätten einen Filmabend mit viel Wein machen können. Du weißt, dass ich dafür immer zu haben bin. In der Hinsicht bin ich ein äußerst leichtes Mädchen.«

Laura schaffte es, immer wieder mich zum Lachen zu bringen mit ihrer offenen und lebensfrohen Art. Ich war unglaublich dankbar sie in meinem Leben zu haben.

»Nicht nur in der Hinsicht, aber ich hab dich trotzdem lieb. Gehen wir den Freitag zusammen in den Club?«

Laura nickte und schien sich auf einen Abend gemeinsam mit mir zu freuen.

Die ganze Woche über hatte ich Ana nicht gesehen. Ich war selbst nicht viel im Büro, sondern draußen bei meinen Kunden gewesen, aber auch im Büro bekam ich sie nie zu Gesicht, bis Freitag. Das Ana-Meeting stand wieder an, und um diesen Termin zu überstehen, ging ich in die Kaffeeküche um mir einen großen, starken Cappuccino zu machen. Da war sie, Ana stand vor der Kaffeemaschine, lehnte sich gegen den Tresen und sah mich mit einem aufgesetzten Lächeln an.

»Hi Alex, na wie war dein Abend noch?«

Ich hatte keine Ahnung, was ich darauf antworten sollte, ich wollte zwar nicht lügen, aber was blieb mir anderes übrig? Ihr die Wahrheit zu erzählen und meinen Sieg über sie damit zu schmälern kam absolut nicht in Frage. Ich war ein Wettkampfmensch und solche Charaktere können nur schwer verlieren.

»Ausgezeichnet, danke. Und deiner?«

Ana überkreuzte ihre Arme und lehnte sich etwas fester gegen den Tresen.

»Überraschend, nachdem ich Chris im Lotus noch einmal begegnet bin. Schon seltsam wie sich ein Abend entwickeln kann und welche Wendungen er nehmen kann.«

Es amüsierte sie sichtlich, mir davon zu erzählen. Dieses Arschloch ging also nicht wie ich nach Hause, sondern weiter in den nächsten Club und das ancheinend gemeinsam mit Ana. Ob er mit ihr geschlafen hatte? Hatte er sie auch fest an sich gezogen und so geküsst wie mich? Ich konnte nicht mehr klar denken, mein Triumph verwandelte sich gerade in einen Hinterhalt und ich musste mich wehren. Die Möglichkeit zu verlieren stand nun im Raum, und das konnte ich nicht zulassen. Nicht gegen sie.

»Es freut mich, dass ihr euch noch gefunden habt, ich habe ziemlich schnell bemerkt, dass dieser Typ nichts für mich war, nicht meine Liga. Aber ich denke, ihr würdet gut zueinander passen.«

Sie nahm ihre Tasse und ging wortlos voraus in das gegenüberliegende Besprechungszimmer. Dieses Miststück schaffte es immer wieder, mir alles zu vermiesen, aber meinen Kaffee würde sie mir nicht nehmen, und schon gar nicht, weil sie mir die Zeit dafür, mit ihrer blöden Chris Story gestohlen hatte. Ich holte mir eine Tasse aus dem Schrank, stellte sie unter die Maschine und drückte den Knopf, als Jake hereinkam.

»Alex, komm schon, muss das jetzt noch sein? Wir sind spät dran.«

Ich brach den Vorgang ab und sah in die Tasse. Ein Espresso, na toll. Mit einem Schluck hatte ich alles vernichtet und machte mich auf den Weg ins Besprechungszimmer.

Der Vorstand war in New York und uns mittels Video zugeschaltet, um uns über die neuesten Entwicklungen zu informieren. Die Stunde verlief daher sehr gesittet und Ana bekam keine weitere Bühne geboten. Laurence Vendelin war der Gründer und Vorstand unserer Firma. In einer schwierigen Phase meines Lebens führte das Schicksal uns zusammen und mit seiner Hilfe änderte sich mein ganzes Leben. Wir hatten eine unkonventionelle Beziehung zueinander, aber diese Beziehung war privat. Niemand wusste davon und in der Firma waren wir Vorstand und Angestellte, nichts anderes. Ich freute mich, Laurence zu sehen und zu hören, dass sein Termin mit der

Zulieferfirma unserer Photovoltaikmodule nach Plan verlief. Nachdem die Leinwand wieder hochfuhr und das Meeting zu Ende war, bemühte ich mich den Raum als Erste zu verlassen, um Ana aus dem Weg zu gehen.

Diese Woche war es wieder die private Alex, die in den TigersClub gehen würde, und ich freute mich schon darauf, sie bei mir zu Hause wieder zum Vorschein zu bringen. Laura wartete an meinem Schreibtisch auf mich.

»Treffen wir uns zur gewohnten Zeit am gewohnten Ort?«

Sie zwinkerte mir verschwörerisch zu und ich nickte. Schnell packte ich meine letzten Sachen in meine Tasche und stieg in den Lift, um die Arbeitswoche endlich hinter mir zu lassen.

Klitschnass stieg ich aus der Dusche und hörte das Telefon klingeln. Es war der Klingelton meiner Mutter. Sie versuchte schon die ganze Woche mich zu erreichen, also beschloss ich abzuheben und mit ihr per Lautsprecher zu reden, während ich mir ein Outfit aussuchen wollte.

»Hi Mom, schön dich zu hören.«

Ein Schnaufen war das erste, das ich von meiner Mutter hörte.

»Alex, ich habe mir schon Sorgen gemacht. Wieso bist du nur so schwer erreichbar?«

Noch keine Minute, und ich bereute es schon, abgehoben zu haben.

»Ich bin im Stress, also wenn du mir nur Vorwürfe machen willst, dann leg ich jetzt auf.«

Wieder schnaufte sie einfach nur laut aus.

»Kann es sein, dass du letzte Woche eine interessante Begegnung hattest? Vielleicht mit deiner Vergangenheit?«

Nein, das durfte nicht wahr sein, wusste sie etwa von Chris?

»Wenn du damit Chris meinst, dann ja, aber davon weißt du anscheinend ja schon. Sag mal, gehst du immer noch mit seiner Mutter zum Pilates?«

Wieso nur war Romeo so ein Nest?

»Natürlich, Greta und ich gehen immer zur selben Gruppe. Chris hat ihr von eurem Treffen erzählt, er meldet sich ja bei seiner Mutter und lässt sie nicht im Ungewissen darüber, ob er noch am Leben ist oder tot in der Gosse liegt.«

Sie hatte ja recht, als ich nach Detroit zog, hatte ich ihr versprochen mich jede Woche zumindest einmal zu melden, nur tat ich das leider nie. Was genau immer dazwischen kam, konnte ich nicht sagen. Das Leben vermute ich.

»Na gut, verstanden, ich muss mich öfter bei dir melden. Und was sagt Greta?«

Ich bemühte mich, gleichgültig zu klingen und mir meine Neugierde nicht anmerken zu lassen. Offensichtlich wusste sie ohnehin schon viel zu viel über mich und meine Begegnungen.

»Ich hielt es bis jetzt nicht für wichtig dir davon zu erzählen, aber Chris lässt sich gerade von Katy scheiden und es ist ziemlich unschön abgelaufen. Sie wollte immer, dass Chris viel Geld verdient, und deshalb ging er zum Militär. Er war knapp ein Jahr in Afghanistan und verdiente tatsächlich gutes Geld, aber als er zurückkam, da war sie schwanger, im vierten Monat.«

Jetzt verstand ich, was Chris damit meinte, dass er es satt hatte, von Frauen benutzt zu werden. Katys Eltern hatten Geld, sogar reichlich. Dass sie diesen Lebensstil gerne weiterführen wollte, wussten alle, aber dass sie Chris dafür ins Ausland schickte und ihn dann betrog, war schrecklich.

»Das wusste ich nicht.«

Meine Mutter mochte Chris immer schon und hatte kein gutes Wort über Katy verloren, seit sie zusammen waren.

»Woher auch? Seitdem du nach Detroit gezogen bist interessierst du dich ja überhaupt nicht mehr für deine Vergangenheit und unser Leben hier in Romeo. Diese Katy hatte Chris nie verdient. Valerie ist froh, dass Chris sich schnell dazu entschlossen hat nach Detroit zu gehen, weil sie eine zweite Tischlerei eröffnet haben. Chris leitet die Geschäfte dort. Der arme Kerl war am Boden zerstört, aber seine Mutter meint, es wird immer besser und dass es für ihn sicher leichter wird, wenn die Scheidung endlich durch ist.«

Es fing an eine Art schlechtes Gewissen in mir aufzukommen. Ich hatte ihn für meine Wette benutzt und danach sofort die Reißleine gezogen, als er mit Marc aneckte und es ungemütlich wurde. Vielleicht war das sogar noch dämlicher von mir, als ich bisher dachte. Aber egal, der Abend lag hinter mir und ein neuer vor mir. Freundlich und bestimmt beendete ich das Telefonat mit meiner Mutter und widmete mich endlich meinem Kleiderschrank.

Mysterious Girl

Laura stand schon in der Schlange vor dem Eingang, als ich ankam. Sie war eine unkomplizierte und freie Frau mit der es Spaß machte zu feiern. Meistens blieben wir bis Mitternacht zusammen, tanzten, tranken ein paar Cocktails und dann trennten sich unsere Wege. Mit wem sie den Club verlies ging mich nichts an. Wir waren hier, um eine gute Zeit zu haben, und die hatten wir jedes Mal. Ab und zu, wenn wir angetanzt wurden, bemerkte ich ihr Interesse und zog mich zurück. Wenn sie wollte, erzählte sie mir danach davon, aber ich hätte nie gefragt, weil das ihre Privatangelegenheit war. Dieses Maß an Respekt erwartete ich im Gegenzug auch von ihr, und wir hatten diesbezüglich nie ein Problem. Wir tickten in der Hinsicht gleich und deshalb war Laura, wenn man so wollte, meine einzig wirkliche Freundin.

Sie kannte mich vielleicht nicht so gut, wie es sich viele für eine Freundschaft vorstellen würden, aber mich kannte niemand wirklich, und ich wollte es auch nicht anders. Der große Vorteil am Single Leben war es doch, dass man Dinge tun konnte, von denen man selbst wusste und sonst niemand. Einzelne Facetten konnte man verschiedenen Bekannten, Freunden, Kollegen zeigen, aber alles zusammen, das Gesamtpaket wenn man so will, kannte nur ich. Dieses Gefühl war großartig. In Romeo wusste jeder alles von mir, ich war wie in einer Auslage und hatte keine freie Entscheidung darüber was ich wem, über mich preisgeben wollte, und ich hasste es. Wie das Telefongespräch mit meiner Mutter bewies, war es bis heute nicht anders. Der Buschfunk funktionierte immer noch viel zu gut.

Die Stimmung war ausgelassen, der Bass brummte mir am ganzen Körper und meine Hüften wippten im Takt hin und her. Laura war an die Bar gegangen, um uns Nachschub zu besorgen, als Marc neben mir auftauchte und mich anlächelte.

»Hi Alex, alles klar bei dir?«
Er war ein netter Kerl, aber leider das totale Klischee eines Türstehers.
»Danke, und bei dir?«
Er nickte nur, weil die Musik so laut war. Ich begann mich zu fragen, wieso er nicht weiter ging, als er endlich weitersprach.

»Der Kerl von letzter Woche, der ist vor wenigen Minuten in den Club gekommen. Ich hab ihn leider zu spät gesehen, aber ich wollte es dir sofort sagen, damit du nicht überrascht wirst.«

Mist, nicht schon wieder Chris. Marc bemerkte meinen Stimmungswechsel und versuchte, mich zu beruhigen.

»Wenn du willst, dann such ich ihn und schmeiß ihn raus. Ansonsten kann ich dich rausbegleiten und ein Stück mit dir mitgehen, bis du dich wieder sicher fühlst.«

Wieso hatten gerade Männer mit seiner Statur oft so ein Problem damit auf den Punkt zu kommen? Die schwabbelig, ungepflegten Kerle hatten da komischerweise meistens mehr Selbstbewusstsein.

Mich begleiten, bis ich mich sicher fühle. Ich musste daran denken, was Chris zu mir über Marc gesagt hatte. *Der Typ ist kein Samariter.*

»Danke, das ist wirklich nett von dir, aber ich werde mit Laura reden und dann nach Hause gehen.«

Marc sah enttäuscht aus, wie ein Welpe, dem man den Beissknochen weggenommen hatte. Laura kam mit den Getränken auf uns zu und blickte überrascht zwischen Marc und mir hin und her.

»Wird Alex etwa rausgeschmissen? Ich wusste immer schon, dass sie eine Unruhestifterin ist.«
Wieder schaffte sie es, mich zum Lachen zu bringen, obwohl ich absolut nicht in der Laune dafür war.

Marc ging wieder zurück zum Eingang und ich erklärte Laura, wieso ich nach Hause gehen wollte.
»Lass dir doch den Abend nicht versauen von diesem Typ. Er ist doch nur am selben Ort, und nachdem was du mir erzählt hast, wird er dich bestimmt nicht anreden, also wieso musst du jetzt gehen? Du kannst mich hier doch nicht mit all den süßen Jungs alleine lassen.«
Sie hatte ja recht, trotzdem fühlte ich mich unwohl, seit ich wusste, dass Chris hier war.

Laura lächelte und noch bevor ich darüber nachdenken konnte, was sie so amüsierte, klopfte mir jemand an die Schulter. Es war dieselbe Geste wie meine, letzte Woche als ich Chris auf mich aufmerksam machen wollte, deshalb ahnte ich bereits wer hinter mir stand. An der Stelle, an der sein Gesicht hätte sein sollen, waren zwei Sex on the Beach. Ich konnte nicht anders und musste einfach lächeln.
»Waffenstillstand?«
Da kam wohl seine militärische Seite zum Vorschein.

»Du versuchst, mich mit Alkohol zu bestechen, das ist ziemlich unfair, aber schlau von dir.«

Ich nahm einen der beiden Drinks und prostete ihm damit zu.

»Einverstanden. Den Friedensvertrag hab ich aber noch nicht unterzeichnet, also wäre ich an deiner Stelle vorsichtig.«

Auch heute hatte er ein dunkles Hemd an, nicht schwarz, aber dunkelrot. Es stand ihm wirklich gut.

»Das Militär war doch nicht ganz umsonst. Verhandlungsstrategien kann man wohl immer wieder gebrauchen.«

Laura nickte mir zu und deutete uns, dass sie auf die Tanzfläche gehen würde, um uns etwas Freiraum zu geben.

»Wie es scheint, habe ich dich zuerst von Marc getrennt und jetzt auch von deiner Freundin, das ist ebenfalls Kriegsführung. Die Beute von der Herde zu trennen steht immer an erster Stelle.«

Ich boxte ihm gegen die Schulter und nahm einen kräftigen Schluck.

»Bin ich etwa Beute für dich?«

Etwas in seinem Blick veränderte sich. So sehr er sich auch bemühte es zu verstecken, ich konnte seine

Absichten erkennen. In meinem Privatleben war es nichts Neues für mich, von Männern so angesehen zu werden. An den Wochenenden, sah ich oft solche Blicke und genoss sie, aber mitten in der Öffentlichkeit und dann auch noch von einem Kindheitsfreund, das war ungewohnt. Es fühlte sich so an als würden meine beiden Leben, die ich bisher getrennt voneinander lebte, sich annähern.

»Beute ist vielleicht etwas übertrieben.«
Er lächelte mich an und versuchte, den Ernst in seiner Aussage zu überspielen. Ich schloss mich an, und wir taten den Augenblick als Blödelei ab, obwohl wir beide wussten, dass es nicht so war.
»War Ana letzte Woche deine Beute? Sie hat mir erzählt, dass ihr euch im Lotus noch über den Weg gelaufen seid.«
Er wirkte amüsiert darüber, dass ich wissen wollte, was er an diesem Abend noch alles erlebt hatte.
»Eifersüchtig? Das steht dir gar nicht. Und du hast auch keinen Grund dazu. Sie hat mich versucht anzutanzen und das war alles. Ich habe mich umgedreht und hab sie stehen lassen. Also keine Angst, ich bin wählerisch was meine Beute angeht.«
Etwas verlegen lächelte ich ihn an und bemühte mich, mir meine Freude darüber nicht anmerken zu lassen.

»Letzte Woche, da hattest du recht. Ich habe Katy geheiratet und bin sogar noch immer mit ihr verheiratet. Ich war auch ein Jahr in Afghanistan, damit hattest du ebenfalls recht. Was du aber vielleicht noch nicht weißt, ist, dass ich mich scheiden lasse. Katy ist schwanger, und zwar nicht von mir, wenn du verstehst.«

Es fiel ihm schwer mir davon zu erzählen, das sah ich ihm sofort an, aber er tat es trotzdem und dafür bewunderte ich ihn.

»Das ist schrecklich und Katy hat dich nicht verdient.«

Chris nickte leicht, sah aber nicht wirklich überzeugt aus. Wenn einen die eigene Frau, fürs Geld nach Afghanistan schickt und währenddessen dann auch noch betrügt während man sein Leben für sie riskiert, wie sollte man das hinter sich lassen?

»Du kannst dir gar nicht vorstellen, wie sehr ich mir eine Zeitmaschine wünsche. Ich hätte von Anfang an merken müssen, was für ein Typ Mensch sie ist. Und außerdem gab es damals so viele Gelegenheiten. Ich habe alles ausgeschlagen für sie.«

Natürlich verstand ich was er meinte, er war ein attraktiver Mann und bekam bestimmt immer wieder nette Blicke zugeworfen. Wenn ich mich nicht irrte, dann musste Katy damals seine Erste gewesen sein.

Als ich so darüber nachdachte, kam mir, wie aus dem Nichts, plötzlich ein Gedanke der sich nicht mehr abschütteln lies. Ich hatte die Möglichkeit, ihm seine verlorene Zeit wiederzugeben. Ihm wieder Selbstvertrauen zu schenken und seinen Kummer etwas zu schmälern, aber wollte ich das auch? Nie zuvor hatte ich jemanden mit in meine Welt genommen. Ein Remix von Peter Andres *Mysterious Girl* begann zu spielen. Chris bemerkte den Song ebenfalls sofort.
»Du siehst schon die ganze Zeit so geheimnisvoll und nachdenklich aus, mysterious Girl. Alles gut bei dir? Was ist in deinem Leben so passiert, seit wir uns in Romeo voneinander verabschiedet haben? Du weißt mittlerweile alles über mich aber ich nichts von dir. Also, klär mich auf.«

Keine Ahnung, wie ich ihm von den vergangenen zehn Jahre meines Lebens in nur wenigen Sätzen hätte erzählen können, deshalb versuchte ich es auch nicht ernsthaft.
»Ich habe studiert, fing bei einem großen Energiekonzern an zu arbeiten, hatte eine gescheiterte Kurzbezie-

hung und alles andere werde ich dir, denke ich zeigen, erzählen kann man das eher schwer.«

Chris sah mich fragend an und schien, nicht zu verstehen was ich ihm zeigen wollte und was ich vor hatte. Zu diesem Zeitpunkt hatte ich keinen Plan, ich war kopflos. Wie weit würde ich gehen? Was würde ich ihm alles erzählen und zeigen?

Willkommen im Himmel

Vor ungefähr drei Jahren hatte ich eine kurze Beziehung zu einem Kollegen. Michael war sechs Jahre älter als ich, sah gut aus und war Jurist. Schon in meiner ersten Woche bei Detroit Energy fiel er mir auf. Bei meiner zweiten Weihnachtsfeier machte es dann endlich auch bei ihm Klick und wir wurden ein Paar. Er war unternehmungslustig und wir hatten, dachte ich damals, eine gute Zeit miteinander. Nur der Sex war von Anfang an langweilig. Ich mochte Michael und wollte ihn nicht verletzen, deshalb spielte ich lange mit und hatte Angst davor, ihn auf unser Sexleben anzusprechen. Er war zufrieden mit einer, fünf Minuten Missionarsstellung Nummer. Als ich versuchte ihm einen zu blasen, holte er mich angeekelt wieder nach oben und sah mich angewidert an. Küssen gab es nur ohne Zunge und sich gegenseitig auch mal mit der Hand zu verwöhnen oder eine andere Stellung, als die übliche auszuprobieren kam für ihn nicht in Frage. Ihm schien der kurzweilige, lustlose Akt zu genügen, mehr wollte er nicht. Nach ein paar Monaten hielt ich es nicht mehr aus, und konnte seinen tadelnden Blick nicht mehr ertragen, wenn ich mal weiter gehen wollte als das übliche Bienen-Blütenstaub Spiel. Ich nahm meinen ganzen Mut zusammen und sprach ihn darauf an. Vorsichtig erklärte ich ihm, dass ich mehr wollte. Michael war entsetzt und beschimpfte mich als abartige Schlampe. Es wurde unschön, und das Schlimmste war, dass er seine Meinung nicht für sich behielt, sondern unsere Kollegen daran teilhaben lies.

Bis heute weiß ich nicht genau, was er allen erzählt hat, nur, dass mich danach jeder anders ansah. Ich war kurz davor zu kündigen, weil ich mich schämte und nicht wusste, wie ich damit umgehen sollte, als ich plötzlich die wichtigste Begegnung meines Lebens hatte. Laurence Vendelin war der Vorstand von Detroit Energy. Kurz nach meiner Trennung von Michael schickte er mir eine Einladung für ein privates Meeting in seinem Büro. Die Uhrzeit war so spät angesetzt, dass mir der Termin von Anfang an seltsam vor kam und ich mir nicht sicher war, ob ich überhaupt noch hingehen sollte oder davor kündigen würde. Heute bin ich froh, dass ich nicht gekündigt habe und zu diesem Termin gegangen bin, aber damals war ich ein nervliches Wrack.

Unsicher ging ich in sein Büro und dort saß er, hinter seinem beeindruckenden Schreibtisch, selbstsicher wie immer. Laurence konfrontierte mich damit, dass er gehört hatte, dass ich eine billige Schlampe wäre und er sich davon überzeugen wollte, was ich alles bereit war, für eine höhere Position zu tun. Lässig lehnte er sich zurück, verschränkte die Hände hinter seinem Kopf und wartete auf meine Reaktion. Noch nie zuvor war ich so entsetzt gewesen und das schaffte dieser Mistkerl innerhalb wenigen Minuten. Ich hatte keine Ahnung, wie ich reagieren sollte, ich war wie gelähmt vor Schock. Diese Dreistigkeit war wie eine Ohrfeige und ich wusste im ersten Moment nicht, wie fest ich zurückschlagen wollte. Meine Worte werde ich nie vergessen, und ich glaube auch Laurence nicht.

»Ficken sie sich ins Knie!«
Mehr brachte ich nicht heraus, aber die wenigen Worte kamen klar und deutlich aus meinem Mund. Damals rechnete ich damit, zurück in mein Büro zu gehen, meine Sachen zu packen und die Kündigung unterwegs beim Empfang abzuholen, aber es kam alles ganz anders. Laurence grinste nur.

»Das war genau die Antwort, die ich mir gewünscht habe. Frauen wie sie, müssen leider besser acht geben und brauchen ein geschütztes Umfeld, das kann ich ihnen bieten. Michael und all die anderen Idioten die durch meine Firma stolzieren und sich sicher sind, sie wären Gottes Geschenk an die Frauen machen mich wahnsinnig. Weil sie sich bei den halb-professionellen Schlampen hier im Haus alles erlauben können, denken sie, es wäre etwas anderes als der vorurteilsbehaftete Besuch im Puff. Sie bezahlen sie zwar nicht wie im Hurenhaus mit Bargeld, aber dafür mit Beförderungen. Sie sind so dumm, dass ihnen das nicht einmal klar ist. Es ist schon eine merkwürdige Welt, in der jeder dasselbe will, aber die unterschiedlichen Konstellationen dafür sorgen, dass leider immer einer dabei draufzahlt. Wenn sie Interesse an einem geschützten Rahmen haben, dann seien sie morgen Abend mein Gast. Ein Fahrer wird sie gegen 19:00 Uhr abholen kommen. Ich verspreche ihnen, sie werden es nicht bereuen.«

Alles was er mir sagte, klang für mich kompromisslos ehrlich, deshalb stimmte ich zu und stand am nächsten Abend tatsächlich vor meiner Tür, um auf seinen Fahrer zu warten. Genau dieses Geschenk wollte ich nun auch Chris machen, ihm eine Welt zeigen, in der alles möglich war.

»Vertraust du mir?«

Meine Frage schien ihn für einen kurzen Augenblick zu verunsichern, aber dann antwortete Chris und war dabei von seinen Worten überzeugt.

»Es ist zwar auf keinen Fall rational erklärbar, aber ja, ich vertraue dir.«

Seine Antwort gefiel mir und ich musste wieder an das Gespräch mit Laurence zurückdenken. Heute war ich Laurence und Chris war die unsichere Alex.

»Dann komm, verlassen wir den Club und gehen wo anders hin. Es wird dir gefallen, das verspreche ich dir.«

Ich ging voraus und diesmal lief ich an Marc vorbei, ohne ein Wort zu verlieren oder ihn anzusehen. Einen weiteren Macho Kampf hätte ich nicht ertragen.

»Wohin gehen wir?«

Chris kannte sich in Detroit noch nicht aus, das erkannte ich sofort an der Art, wie er durch die Straßen ging.

»Entspann dich, es ist nicht mehr weit, nur noch zwei Straßen und dann sind wir da.«

Der Weg vom TigersClub ins Heaven war für mich wie mein routinierter Nachhauseweg, ich hätte ihn auch blind gefunden.

»Wieso machst du es so spannend? Wieso sagst du mir nicht, wo wir hingehen?«

Chris schien noch nicht oft von einer Frau entführt worden zu sein.

»Siehst du das Hochhaus da vorne? Da müssen wir rein und diese schwarze Karte hier, bringt uns hinein.«

Ich hielt meine Eintrittskarte hoch und deutete damit zum Eingang.

Das Kartenlesegerät vor den Glasschiebetüren erkannte die Karte, piepte und die Türen öffneten sich. Chris sah mich fragend an.

»Das Gebäude ist leer, es ist Nacht und alles ist dunkel, wohin verschleppst du mich bloß?«

Ich rollte mit den Augen und versuchte, ihn finster anzusehen.

»Was denkst du was wir hier machen?«

Er atmete tief durch und folgte mir wieder.

»Wenn du mir nicht bald sagst, was wir hier suchen, dann glaube ich, du verkaufst mich an Menschenhändler, die mich dann irgendwo in einem dunkeln Keller hier zerstückeln dürfen. Du verdienst doch gut in deinem Job, oder? Sag mir bitte nicht, dass du Geldprobleme hast.«

Ich musste schmunzeln, obwohl ich mich bemühte einen kühlen Kopf zu bewahren. Die große Eingangshalle endete an mehreren Lifttüren. Der ganz rechte Lift konnte nur mit einer Sicherheitskarte gerufen werden und genau diese Karte hielt ich in meinen Händen. Es dauerte nicht lange, und die Türen öffneten sich. Chris sah sich die Kabine von oben bis unten an, bevor er einstieg. Als sich die Türen hinter ihm schlossen, bemühte er sich, entspannt zu wirken. Ich drückte den unteren der beiden Knöpfe und der Lift setzte sich in Bewegung.

»Hinunter?«

Chris wurde langsam anstrengend und ich hatte keine Lust, so kurz davor noch Erklärungen abzugeben.

»Ja, nach unten.«

Die Türen öffneten sich und der Eingangsbereich des Heaven war direkt vor uns, nur einen Schritt entfernt. Zwei Türsteher standen in ihren Anzügen vor der Eingangstür und begrüßten mich, ich kannte sie schon. Trotz aller Höflichkeit verlangten sie meine Eintrittskarte und scannten sie per Handlesegerät ab.

»Sie haben heute einen Gast dabei?«

Es war das erste Mal, dass ich jemanden mitbrachte. Für so einen Fall, hatte ich vor langer Zeit schon Vorkehrungen getroffen, aber bis heute Abend hätte ich nicht gedacht, dass sie sich jemals auszahlen würden.

»Genau, heute mit Gast.«

Chris bemühte sich, ruhig zu wirken und sich seine Aufregung nicht anmerken zu lassen. Vor drei Jahren ging es mir ganz gleich, ich hatte keine Ahnung, was mich hinter dieser Tür erwarten würde.

»Sie haben einen Spind für ihren Gast im Männerbereich vorbereitet?«

Ich überlegte kurz, ob ich noch die Nummer des Spinds wusste, aber ich hatte keine Ahnung.

»Ja, der wurde vorbereitet. Die Nummer weiß ich leider nicht mehr.«

Der blonde Türsteher nickte mir zu und sah in seinen Laptop, der vor ihm auf einem kleinen Tisch stand.

»86 ist die Spindnummer für ihren Gast.«

Er legte eine Karte in sein Gerät vor ihm und gab sie danach Chris.

»Sie sind jetzt für die Nummer 86 freigeschalten. Wir benötigen einen Ausweis und ihr Pseudonym.«

Bevor Chris antworten konnte, platze es aus mir heraus.

»Sergei, das ist sein Pseudonym.«

Emotionslos tippte der Türsteher den Namen in seinen Laptop und nahm den Ausweis von Chris entgegen.

»Dein Ernst? Du kennst noch meinen zweiten Vornamen?«

Er flüsterte mir seine Frage ins Ohr und schien amüsiert darüber zu sein.

»Natürlich kenn ich den noch. Dein Großvater war doch Russe, ich erinnere mich an mehr, als du denkst.«

Chris nahm seinen Ausweis wieder und verstaute ihn in seiner Geldbörse. Der dunkelhaarige Türsteher tastete ihn ab und ich wurde ebenfalls kurz kontrolliert. Anschließend gaben wir unsere Telefone ab und stellten uns vor die großen Schiebetüren.

»Einen schönen Abend.«

Die Türen gingen auf und Chris sah mich fragend an. Ich nahm seine Hand und zog ihn ein paar Schritte weiter, damit sich die Türen hinter uns schließen konnten, und wir außer Sichtweite der beiden Jungs waren. Vor uns war eine schwarze Wand, auf der in goldener Farbe das Symbol für Frauen und für Männer angebracht war. Der Pfeil für die Frauen zeigte nach links und der für die Männer nach rechts.

»Was soll das alles? Ausweiskontrolle, Pseudonyme, Spinde und jetzt soll ich in eine Umkleide? Sag mir bitte nicht, du bist eine von denen die sich in Tierkos-

tüme schmeißen und davon scharf werden. Ich meine das ist okay, aber absolut nicht mein Ding.«
Ich legte meinen Kopf leicht schief und gab ihm damit zu verstehen, dass ich das nicht lustig fand.
»Du bist mein Gast, also bitte verhalt dich auch so. Geh jetzt in diese Umkleide und zu Spind Nummer 86. Öffnen kannst du ihn mit der Karte, die du in deiner Hand hast. Du findest dort alles, was du brauchst. Duschgel, ein Badehandtuch, Rasierer, Deo, Parfum und eine Auswahl an Unterwäsche. Genieß die Dusche, such dir etwas aus das dir gefällt, und zieh es dann an. Wir treffen uns in einer halben Stunde auf der anderen Seite wieder. Denk nicht zu viel drüber nach, du sollst hier nur du selbst sein, es genießen und dich ausleben. Der Rest bleibt eine Überraschung bis zum Schluss.«

Er schien schockiert, seine Augen wollten einfach nicht mehr blinzeln.
»Heißt das etwa das, was ich denke? Also ich möchte auf keinen Fall für irgendetwas bezahlen oder jemanden zu etwas zwingen, wenn du das meinst.«
Genau das war der Grund, wieso ich ihn mitbrachte und er mein erster Gast war. Genau wegen dieser Einstellung war ich mir sicher, dass er die richtige Wahl war.

»So etwas ist das nicht, alle sind hier freiwillig, anonym und wollen nur eine gute Zeit haben. Vertraust du mir immer noch?«

Er nickte nur.

»Gut, dann geh jetzt und mach dich frisch. Wir sehen uns auf der anderen Seite wieder.«

Der Ablauf war immer gleich, und trotzdem war es diesmal anders. Immer wieder hatte ich an diesem Abend genau vor Augen, wen ich verführen wollte. Ich machte mir keine Gedanken darüber, wie der Abend verlaufen würde, aber dass ich Sex mit Chris wollte, das wusste ich. In der Damenumkleide hatte ich nicht nur einen Spind, ich hatte einen eigenen kleinen Raum, nur für mich. Hier hatte ich einen Schrank voll mit Dessous, Sexoutfits, Spielzeug, Schmuck, Highheels, Stiefel und vieles mehr. Bei jedem Besuch konnte ich mir die Haut überstreifen, auf die ich gerade Lust hatte. Ein ganz besonderes Set, hatte ich mir immer aufgehoben und ich war mir sicher, dass es keinen besseren Zeitpunkt dafür geben würde als diesen. Schnell stieg ich unter die Dusche und genoss das heiße Wasser auf meiner Haut. Ich beschloss, meine Haare heute offen zu tragen und mir mit dem Lockenwickler ein paar große Locken zu machen. Die Augen schminkte ich mit einem schwarzen, dicken Eyelinerstrich am Lied und darüber pinselte ich dunkelgrünen Lidschatten, um die Farbe meines Outfits aufzufangen. Ich legte meine großen goldenen Creolen an und begann damit, eine Schnalle nach der anderen zu schließen.

Dunkelgrüne Lederriemen waren das Grundgerüst des Outfits und wurden durch goldene Schnallen festgezurrt. Direkt über meinem Busen verlief die erste Strebe. Die Weiteren gingen um meinen Bauch, eine dickere genau über den Intimbereich und meinen Hintern und an jedem Bein gab es einen dicken Lederriemen. Für meine Hände gab es je einen Riemen um die Handgelenke. Veredelt wurde das Gesamtbild durch zwei halterlose, schwarze Strümpfe.
Probeweise schlüpfte ich in einen schwarzen Plateau Highheels und einen goldenen. Ich entschied mich sofort für die schwarze Variante, weil es der perfekte Abschluss war und meine Beine gut zur Geltung brachte.
Bei jedem weiteren Puzzleteil musste ich an den Blick von Chris denken, als er mich als Beute bezeichnete. Ich konnte es kaum erwarten seine Reaktion auf mich zu sehen. Schnell verrieb ich das Parfum an den Innenseiten meiner Handgelenke und verteilte ein bisschen davon an meinem Hals.

Ich stöckelte aus der Umkleide und da stand er. Chris hatte sich für eine recht einfache, schwarze Boxershorts und eine Masche für den Hals entschieden. Insgeheim hatte ich gehofft, er würde das Netzshirt anziehen, damit sein Oberkörper noch besser zur Geltung kam, aber die Masche war auch nicht schlecht. Etwas unsicher hielt er die Hände vor seinen Körper, aber als er mich sah entglitt ihm alles, sein Blick, seine Hände und sein Mund.

Immer wieder gab es Männer, die an den Anblick von Frauen in Dessous nicht gewöhnt waren, aber Chris übertraf alles.

Hatte Katy sich je die Mühe gemacht, sich für ihn rauszuputzen? So selbstverliebt, wie ich sie in Erinnerung hatte, fühlte sie sich bestimmt auch in einer ausgeleierten Unterhose erotisch, vielleicht bekam Chris so etwas live daher noch nie, oder zumindest nicht oft zu sehen.

»Fuck, du siehst aus, wie aus einem Porno entsprungen. Ich fass es nicht.«

Er strich sich mit den Händen durch sein frisch gewaschenes Haar und starrte mich von oben bis unten an.

»Danke, du siehst auch gut aus.«

Um ihm zu zeigen, dass hier alles möglich war, solange sich zwei erwachsene Menschen darüber einig waren, stöckelte ich auf ihn zu und nahm seine Hände.

»Gefällt dir, was du siehst?«
Er nickte und strahlte übers ganze Gesicht.
»Gut, du sollst mich nämlich nicht nur ansehen, ich will, dass du mich heute fickst. Und ob wir dabei alleine sind, oder uns weitere Gesellschaft dafür suchen, entscheiden wir zusammen. Verstehst du mich?«
Wieder nickte Chris.

Ich wusste, dass er jetzt bereit für den ersten Schritt war, also legte ich seine Hände auf meinen Arsch und küsste ihn. Seine Zunge war der absolute Wahnsinn, er penetrierte mich damit und meine Pussy begann zu pochen. Es war wie ein Vorgeschmack auf das, was bald kommen würde. Seine Hände drückten meine Pobacken zusammen und den Lederriemen in mein Fleisch. Der leichte Schmerz gefiel mir. Kurz öffnete er die Augen, um meine Reaktion abzuschätzen aber als er sah, dass es mir gefiel, drückte er wieder zu. Meine Lippen fühlten sich leicht geschwollen an, als er aufhörte mit mir zu knutschen und sich langsam zurückzog.

»Das ist doch alles nur ein Traum, oder?«
Ich musste lachen, weil ich das damals auch dachte. Gestorben und in den Himmel gekommen, aber das hatte man mit dem Namen des Clubs wohl auch beabsichtigt.
Der Club umfasste eine gesamte Etage, und lag unter der letzten Tiefgaregenebene. Ich griff nach Chris Hand und ging mit ihm durch den Club.
»Hier findest du alles, was das Herz begehrt. Es gibt eine gemütliche Bar. Wenn du willst, können wir dort etwas trinken und andere Frauen oder Männer kennenlernen. Dann gibt es noch ein Billardzimmer, einen Poolbereich, einen Tanzbereich, ein paar Mottoräume wie zum Beispiel das Klassenzimmer, Liebesschaukeln, Seilräume und dann gibt es die Spiegelräume mit und ohne Trennwände. Nicht zu vergessen den offenen Raum, bei dem jeder für sich Sex hat, aber eben alle in einem Raum dabei sind.«

Es gab keinen Raum, in dem ich noch nicht gefickt hatte und nur wenige Räume, in denen ich nur mit einer Person gleichzeitig Sex hatte. Den Poolbereich hatte ich schon oft nur mit Frauen besucht. Ich hatte

keine Ahnung wieso, aber gerade der Körper einer
Frau wurde für mich im Wasser noch heisser. In
jedem dieser Räume hatte ich Spaß gehabt, konnte ich
selbst sein und mich ganz meiner Lust hingeben, jetzt
zeigte ich Chris, was hier alles möglich war und öffnete ihm dieselben Türen.

Ins Heaven kam man nur, durch die Empfehlung
eines Mitgliedes, das für einen bürgte. Es gab nicht
nur diesen Club, als Mitglied konnte man in jeder
größeren Stadt in einen ähnlichen Club gehen. Laurence kannte sie, denke ich alle. Das wichtigste hier
war die Anonymität und absolute Freiwilligkeit.

»Nenn mich Casandra, oder Cassy, aber sag ja nie
meinen richtigen Namen. Du bist hier Sergei und ich
werde dich auch nie anders ansprechen, verstanden?«
Er nickte mir zu.
»Das habe ich kapiert, aber was sind Spiegelräume
mit und ohne Trennwände?«

Spieglein, Spieglein an der Wand

Ich ging mit ihm den Gang entlang, bis wir vor einem der Räume standen und ich ihm den Unterschied zeigen konnte.

»Siehst du, das ist der normale Spiegelraum. Hier bist du abgetrennt und der gesamte Raum inklusive Decke ist verspiegelt, so, dass du alles immer im Blick hast. Und jetzt zeige ich dir die Räume mit Trennwänden.« Ich stöckelte voraus und schickte Chris in einen der beiden Räume.

»Warte hier, du wirst mich gleich sehen.«

Ich lies seine Hand los und ging in den Nebenraum. Als ich den Lichtschalter anknipste, sah ich Chris und mir wurde klar, dass heute Nacht tatsächlich ich die Beute sein würde. Die Wände der angrenzenden Spiegelräume waren ebenfalls verspiegelt inklusive der Decke, der einzige Unterschied war, dass diese Räume mit einer Glaswand verbunden waren. Man konnte von einem Zimmer in das andere sehen und somit nicht nur sich selbst beim Ficken beobachten, sondern auch das Schauspiel im Nebenraum genießen. Der Glaswand konnte man sich dabei so weit nähern, wie man wollte. Nicht selten wurde direkt an der Wand gefickt, um das Paar nebenan miteinzubinden ohne dabei im selben Zimmer zu sein. Chris schien der Raum zu gefallen. Mit seinem rechten Zeigefinger deutete er mir, zu ihm hinüber zu kommen. So leicht war ich nicht zu haben, deshalb stemmte ich meinen Arm in die Hüfte und legte den Kopf leicht schief um ihm zu signalisieren, dass er sich schon etwas mehr ins Zeug legen musste. Chris lachte und kam näher an die gläserne Trennwand. Er griff sich unter seine Boxershort und begann damit seinen Schwanz zu massieren. Neugierig ging ich ebenfalls näher an die Trennwand. Er legte seine freie Hand an die Scheibe und mit der anderen rieb er immer weiter, bis er so hart war, dass er beinahe seine Shorts sprengte. Mein Herz schlug fest gegen die Brust und mein Atem wurde immer schneller. Zu sehen wie er sich an meinem Anblick aufgeilte und sich dabei selbst berührte, erregte mich. Als er sah, wie schnell sich meine Brust hob und senkte, versuchte er es erneut und deutete mir mit seinem Zeigefinger zu ihm zu kommen. Er hatte mich im wahrsten Sinne um den Finger gewickelt. So sehr ich mich auch darüber ärgerte, mein Verlangen war größer, als die Wut über ihn.

Ich öffnete die Tür hinaus zum Gang und da stand Sylvia. Mit ihr war ich schon oft zusammen gewesen, aber nie alleine. Sie bevorzugte Gangbangs und Dreier. Sie hatte kurzes blondes Haar und einen strengen Pagenschnitt, der ihr verdammt gut stand. Ein roter Netzbody brachte ihre Rundungen perfekt zur Geltung und dadurch, dass er unten herum wie ein hochgeschnittener String saß, wirkten ihre Beine ewig lang. Der Body war langärmelig aber durch seine grobe Netzoptik bedeckte er nur einen lächerlichen Teil ihres aufreizenden Körpers.

»Hi Sylvia, hast du Lust, einen Freund von mir zu überraschen?«

Freudig sah sieh mich an, so als hätte man einem Kind gerade Eis angeboten.

»Hi Cassy, woran hast du gedacht und wo ist dein Freund?«

Ich zeigte auf die Tür vor uns.

»Er ist da drinnen und wartet auf mich. Wir könnten ihm die Nacht seines Lebens bescheren, wenn du willst.«

Sie dachte einen Moment nach und nickte.

»Das klingt nach einem guten Plan. Komm lassen wir den Mann nicht lange warten.«

Voller Vorfreude öffnete ich die Tür und sah, dass Chris noch immer an der Glaswand stand. Zuerst lächelte er mich an, aber als er sah, dass hinter mir Sylvia war bekam er große Augen und schien im ersten Moment beinahe erschrocken.

»Das ist Sylvia, eine Freundin von mir. Sie möchte uns gerne Gesellschaft leisten, wenn das für dich in Ordnung ist.«

Chris sah mein mitgebrachtes Geschenk bewundernd an.

»Von mir aus, gerne.«

Sylvia biss sich leicht auf ihre Unterlippe und ihr Blick verriet sie sofort. Wir waren oft hier und wussten, dass Chris ein Hingucker war und wir definitiv auf unsere Kosten kommen würden.

»Wie ist dein Name?«, fragte Sylvia mit einer zuckersüßen Stimme.

»Sergei.«

Sie ging auf Chris zu und behielt ihn die ganze Zeit über im Blick.

»Es freut mich, dich kennenzulernen, Sergei.«

Selbstsicher stellte sie sich vor ihn, nahm seine Hand und zog sie aus seiner Boxershort. Sie küsste ihn, kurz und intensiv, ging in die Knie und nahm seine Short dabei mit nach unten. Ich war noch nie zuvor so von einer Entscheidung überzeugt gewesen, wie in diesem Moment. Sein Schwanz war perfekt. In einer geraden Linie stand er vor Sylvias Gesicht stramm, so wie man es sich wünschte. Nicht nur die Länge war beeindruckend, vor allem der Durchmesser lies mir das Wasser im Mund zusammenlaufen. Sylvias Lippen formte sich zu einem großen »O« und sie sah glücklich zu mir zurück.

Ich konnte es kaum erwarten, Chris Zunge in meinem Mund zu spüren. Schnell stellte ich mich vor ihn, küsste ihn und vergrub meine Finger in seinem Haar. Wieder gab er mir mit seiner Zunge feste Stöße in meinen Mund und ich genoss es, sie jedes Mal dabei zu umkreisen und ihn zu schmecken. Sylvia begann damit seinen harten Ständer in die Hand zu nehmen. In ihrer kleinen Hand wirkte er noch größer und Sylvia schaffte es gerade so, ihn mit ihrer Hand zu umschließen.

»Sieh mich an Sergei, gefällt dir das?«
Er sah mich an und musste sich konzentrieren, um seine Augen offen zu halten.
»Ja.«
Mehr brachte er nicht heraus, aber das war schon nicht schlecht für einen Mann, der zum ersten Mal

von zwei Frauen verwöhnt wurde, und das auch noch unerwartet.

»Willst du, dass wir deinen Schwanz gemeinsam lutschen?«

Seine Pupillen weiteten sich bevor er mir antwortete.

»Ja.«

Sylvia lächelte mich von unten herauf an, und jetzt war sie es, die mich mit ihrem Zeigefinger, zu sich herunter zitierte. Diesem Ruf folgte ich nur allzu gerne. Gierig sah ich Chris die ganze Zeit in die Augen und ging langsam auf die Knie, hinunter zu Sylvia. Während sie ihn weiter massierte, küsste sie mich. Eigentlich züngelten wir, denn unsere Zungen trafen sich im Freien und spielten miteinander. Immer mehr Speichel sammelte sich in meinem Mund und vermischte sich mit Sylvias. Wir sahen uns an und wussten, dass wir bereit dafür waren, einen dritten Spieler mit einzubauen, und bewegten uns auf den harten Schwanz, seitlich von uns zu. Ihre Hand hörte auf, ihn zu massieren und wir benetzten ihn mit unseren Zungen, während wir weiter miteinander spielten. Ich hielt es nicht lange aus und begann damit seine Eichel in den Mund zu nehmen, während Sylvia seine Länge, seitlich weiter bediente.

Chris streckte seine Hände nach uns aus und legte jeder von uns eine Hand auf den Kopf. Er drückte seine Finger fester in mein Haar und zog mich von seinem Ständer. Mit Sylvia machte er dasselbe. Er atmete scharf aus und sah zu uns herunter, während er unsere Gesichter einander zu wandte und mit seinem Kiefer signalisierte uns kurz mit uns selbst zu beschäftigen. Sylvia kam zuerst auf mich zu und begann damit, mir ihre Zunge tief in den Mund zu schieben. Chris beobachtete alles, nahm seine Hände von uns und bemühte sich, ruhig zu bleiben. Um es ihm etwas schwerer zu machen, und weil ich die Finger nicht von ihr lassen konnte, griff ich nach Silvias Brüsten. Sie waren fest und wurden durch meine Berührung noch fester. Ich knetete ihren Busen und spielte mit ihren Nippeln. Sofort wurden sie hart und zogen sich zusammen wie kleine Perlen. Von ihrem Mund hatte ich genug, deshalb ging ich weiter und saugte an ihrem Hals entlang, bevor ich damit begann ihre Nippel abzulecken, um sie gleich darauf leicht mit meinem Mund einzusaugen. Sylvia stöhnte auf und wölbte mir ihren Oberkörper entgegen. Chris massierte seinen Schwanz und ich konnte sehen, wie er mit seinem Mund das Wort *Fuck* formte. Es fiel ihm schwer, sich zurückzuhalten. Bevor ich mich um ihren zweiten Nippel kümmern konnte, drängten sich ihre Finger in meinen Mund. Ich wusste, was sie vorhatte. Genüsslich leckte ich ihre Finger ab und gab mir Mühe ihr all meinen Speichel mitzugeben. Als sie ihre Finger aus meinem Mund zog, folgte ihnen ein zähes Netz aus Speichel und sie sah mich zufrieden an. Sofort kümmerte ich mich um ihren zweiten Nippel, der bereits sehnsüchtig auf meine Lippen wartete.

Als ich mit meiner Zungenspitze ihre harte Knospe berührte, stieß sie fest in meine pochende Muschi. Mit zwei aneinandergelegten Fingern kämpfte sie sich tief in mich. Vor lauter Lust, begann ich damit sie zu reiten und meine Hüften auf und ab zu bewegen um sie zu meinem Rhythmus zu zwingen. Sie wusste sofort, was ich wollte und hielt mir ihre Finger fest entgegen, damit ich sie benutzen konnte, wie es mir gefiel. Wenn ich mich nach unten bewegte, um ihre Finger tief in mir aufzunehmen, leckte ich ihren Nippel langsam und fest nach unten und wenn ich meine Hüften nach oben zog dann auch meine Zunge. Ich leckte ihren Nippel, während ich mit meiner Hand ihren andern Busen knetete und ihre Finger fickte. Chris konnte sich nicht mehr zurückhalten und zog mein Gesicht hoch zu sich. Er bückte sich leicht nach unten, damit ich weiter neben Sylvia knien konnte, während er mich küsste.

Mein Becken drückte ich fest nach oben, so dass Sylvias Finger nicht mehr in mir waren. Ich drehte mich von ihr weg und zu Chris, weil ich ihn endlich tief in den Mund nehmen wollte. Eine meiner Vorlieben war das Deepthroating. Auch wenn es manchmal grenzwertig wurde, es machte mich geil und ich wollte es unbedingt. Um ihn darauf vorzubereiten kniete ich mich vor ihn, sah nach oben, direkt in seine Augen und begann damit, ihn langsam mit den Händen zu verwöhnen. Nach vorne, fest nach hinten und immer wieder dasselbe Spiel, bis ich damit startete meinen Mund vorsichtig mitzubenutzen, so dass ich seine Eichel leckte, wenn ich sie freilegte, bis sie feucht war und Speichelfäden von ihr hingen. Seine Augen weiteten sich und ich musste ein wenig lächeln, als ich daran dachte, dass ihn mein nächster Schritt bestimmt überraschen würde. Ich nahm meine Hand von seinem harten Schwanz und begann damit, ihn nur mit dem Mund zu ficken, gleichmäßig und nicht zu tief, um alles gut zu befeuchten. Keine Sekunde verlor ich dabei seine Augen aus dem Blick, ich wollte seine Lust sehen und nichts davon verpassen.

Als ich mir sicher war, dass alles befeuchtet war, nahm ich seine Hände und legte sie an meinem Kopf. Chris folgte meinen Bewegungen und führte mich vor und zurück. Endlich war es so weit, ich nahm meine Hände und legte sie auf seinen festen Arsch um seinen Schwanz immer weiter, ganz tief, in meine Kehle schieben zu können. Er füllte mich komplett aus. Seine Länge konnte ich nicht ganz in mir aufnehmen, aber ich bemühte mich, so weit es ging. Immer wieder schossen mir Tränen in die Augen und mein Würgreflex wurde stärker. Der Eyeliner war nicht wasserfest, deshalb war ich mir sicher, dass meine Wangen bereits mit schwarzen kleinen Flüssen übersät waren. Seine Hände drückten meinen Kopf noch ein kleinwenig näher an ihn, bevor er mich freigab und nach hinten zog. Mein Gesicht war nass und ich rang nach Luft. In meinem ganzen Mund konnte ich ihn schmecken und er schmeckte so gut. Jetzt sah ich es wieder in seinem Blick, ich war seine Beute. Selbstbewusst griff er nach dem Lederriemen über meiner Brust und zog mich zu sich hoch. Er küsste mich, als bräuchte er meinen Mund zum Atmen. Das Zeitgefühl hatte ich komplett verloren, aber als sich unsere Zungen wieder voneinander trennten, war Sylvia nicht mehr da. Chris sah ebenfalls verwundert aus und suchte den Raum vergeblich ab.

Ich wollte gerade vorschlagen an die Bar zu gehen, als ich hinter Chris, durch die Glastrennwand hindurch Sylvia sah. Sie war nicht alleine, zwei Männer waren bei ihr. Einen davon kannte ich. Er stand direkt vor ihr und der fremde Mann dahinter. Alle schienen sich zu amüsieren. Chris drehte sich um und sah jetzt selbst, was im Nebenraum geschah. Sylvia winkte uns zu. Wo hatte sie nur so schnell gleich zwei Typen klargemacht? Um so etwas zu starten, musste ich meistens mehrere Drinks an der Bar nehmen oder mich gezielt mit jemanden verabreden, aber ihr schienen die Männer, gleich wie davor ich selbst, einfach am Gang über den Weg gelaufen zu sein. Es war wie der Beginn eines Pornos, nur in echt und beinahe in Reichweite. Chris sah mich an und schien Lust zu haben, dem Nebenraum ebenfalls etwas zu liefern. Mit einer schnellen Bewegung drehte er mich mit den Rücken zur Glaswand und ging in die Knie. Er schob den Lederriemen, der über meine Muschi ging nach oben und sah sich meine feuchte Mitte genau an. Sein Blick wurde finster und ich konnte seine Lust förmlich spüren. Ich war nass, deshalb pustete er mir fest gegen die feuchte Spalte und ich wurde fast verrückt dabei. Ich wollte mehr, viel mehr, es war zermürbend und deshalb bewegte ich meine Hand nach unten, um mir etwas Erleichterung zu verschaffen. Bevor ich am Ziel ankam, schnappte Chris sich meine Hand und sah sich die Riemen an meinem Handgelenk genauer an. Erst jetzt erkannte er, dass es an meinen Beinen und an den Handgelenken jeweils eine extra Öse und einen Verschlusshaken gab. Man konnte die Handgelenke entweder an den Oberschenkeln, oder die Hände aneinander festmachen. Fragend sah er zu mir hoch und ich nickte ihm zu.

Wie von einem Handwerker nicht anders zu erwarten, hatt er alles richtig erkannt und machte aus meinem Outfit ein paar Handschellen. Um zu sehen, was hinter mir geschah, blickte ich nach vorne an die verspiegelte Wand. Leider schien sich das meiste direkt hinter mir abzuspielen, so dass ich nur ein paar schnelle Bewegungen sehen konnte. Chris blickte an mir vorbei und ihm gefiel offenbar, was er sah, denn er musste tief durchatmen, um sich konzentrieren zu können. Fest strich er meinen Schenkel entlang. Er griff um den Stöckel meines High Heels und hob mein Bein hoch um meinen Fuß, auf seine Schulter zu stellen. Um nicht den Halt zu verlieren, lies ich mich mit dem Rücken an die Glaswand fallen und drückte ihm mein Becken entgegen. Die Glasscheibe hinter mir war kalt. Ich brauchte einen kurzen Moment, um wieder normal weiteratmen zu können. Seine Zunge umspielte meine Öffnung, immer und immer wieder, dabei konnte ich es nicht erwarten sie tief in mir zu spüren. Um ihm zu zeigen, wie sehr ich es wollte, vergrub ich meine zusammengebundenen Hände in seinen Haaren und drückte sein Gesicht näher an mich. Er machte immer weiter, ohne mir die Erlösung zu geben, nach der ich mich so sehnte. Eine Hand streckte er nach oben. Sofort fand er meinen Nippel und rieb ihn zwischen seinen Fingern, während er mit seiner Zunge immer weiter spielte.

»Bitte, fick mich.«

Ich hörte wie er lächelte und spürte, wie seine Zunge eine kurze Pause einlegte. Seine Hand nahm er von meinem Busen und legte sie um meinen Fuß, der noch immer auf seiner Schulter stand. Der Stöckel musste ihm ins Fleisch drücken, aber es schien ihm zu gefallen. Endlich schob er mir seine Zunge tief in meine glühende Pussy. Immer wieder zog er sie etwas heraus, nur um dann wieder tief hinein zu stoßen. Als er mein Stöhnen hörte, begann er damit währenddessen auch meinen Kitzler mit seinen Finger zu massieren. Es war zu viel für mich. Ich konnte mich nicht mehr zurückhalten und der erster Orgasmus überkam mich wie ein Erdbeben. Ein Welle der Erleichterung pulsierte durch meinen Körper, während meine Muschi sich um seine Zunge zusammenkrampfte und ich stöhnend fast den Halt verlor. Chris nahm meinen Fuß von seiner Schulter, wischte sich den Mund ab und lächelte mich an.

»Das war nur der Vorgeschmack, ich will mehr von dir, viel mehr.«

Erleichtert sah ich ihn an und mir wurde klar, dass dieser Abend noch lange dauern würde.

Auf der anderen Seite der Glaswand ging es richtig zur Sache, Sylvia kniete auf allen Vieren, während sie der Mann den ich kannte von hinten nahm und sie den Schwanz des Unbekannten lutschte. Immer wieder stieß er von hinten zu und packte sie dabei fest an den Hüften.

»Ist das immer so?«

Chris stellte mir die Frage ohne seinen Blick von den Geschehnissen des Nebenraumes abzuwenden.

»Ja, einen Dreier suchen viele Mitglieder und deshalb ist das normal hier.«

Jetzt nahm der Unbekannte ihren Hinterkopf und zwang sie dazu, seinen Schwanz immer tiefer in ihre Kehle aufzunehmen. Er stöhnte und ich konnte sehen, dass er ihr sein Sperma in die Kehle spritze. Sylvia überkam ein leichter Würgreflex, aber als er sich langsam aus ihr zurückzog, leckte sie alles von ihm sauber und schleckte sich danach genüsslich über ihre Lippen. Während sie sich ihren Mund sauber leckte sah sie Chris direkt an. Es gefiel ihr, dass er zusah wie sie fest und hart gefickt wurde, während ihr ein zweiter Mann tief in die Kehle spritze. Ein weiterer Mann kam in das Zimmer. Er hatte mir schon unzählige Orgasmen besorgt, ich mochte ihn und genoss seine Leidenschaft. Sylvia winkte ihn zu sich und er bückte sich, um sie zu küssen während sie weiterhin von hinten gefickt wurde. Ich wusste, was als nächstes kommen würde. Dave, so hieß der Mann der als letztes den Raum betrat, hatte eine Vorliebe für Doublepenetrations. Um nicht beim Zusehen hängen zu bleiben drehte ich mich zu Chris.

»Willst du sie beobachten, während du mich fickst, oder willst du in einen anderen Raum?«

Seine Wangen glühten förmlich und es schien, ihm schwer zu fallen, den Blick von Sylvia abzuwenden.

»Ich bin etwas überfordert mit der Raumauswahl, da gibt es so viele. Was ich immer schon tun wollte, ist eine Frau wie dich auf einem Billardtisch zu ficken. Wenn du also nicht unbedingt weiter zusehen möchtest wie deine Freundin sich mit all diesen Männern amüsiert, würde ich vorschlagen, wir gehen eine Runde Billard spielen.«

Während er sprach, löste er meine Hände von den Fesseln.

Das Billardzimmer war auch einer meiner Lieblingsräume, deshalb hatte ich absolut nichts dagegen einzuwenden.

»Wenn du mit Niederlagen umgehen kannst, dann komm, lass uns spielen.«

Chris legte seine Hand um meine Hüften und gemeinsam verließen wir die Spiegelräume um uns auf den Weg in ein neues Abenteuer zu machen.

Kurz vor der Tür kamen uns zwei Männer entgegen, ich kannte sie.

»Cassandra, ich habe dich schon gesucht. Letztes Mal war der Wahnsinn, hast du Lust das heute zu wiederholen?«

Mein Begleiter zog mich näher an sich und versuchte, seine Beute wortlos zu markieren.

»Hi Mike, ich bin heute schon anderweitig beschäftig, aber wir sehen uns.«

Mike und Chris sahen sich an, und der Spruch, *wenn Blicke töten könnten,* bekam eine ganz neue Dimension. Schnell winkte ich Mike zu, bevor Chris mich weiter drängte. Ich deutete auf die Tür rechts von uns und sofort öffnete er sie.

»Was sollte das? Dir ist schon klar, dass ich schon oft hier war, und wir hier immer wieder Männern begegnen werden, mit denen ich Sex hatte. Ich werde auch nicht lügen und dir erklären, dass der Sex mit ihnen schlecht war, wieso hätte ich sonst so oft wiederkommen sollen?«
Mir kam ein Lächeln aus, bei den Erinnerungen an all die aufregenden Momente hier.

»Außerdem hatten wir doch auch gerade gemeinsam Spaß mit Sylvia, was spricht dagegen auch mal einen Mann miteinzubinden? Oder kannst du mit Konkurrenz nicht umgehen?«
Die Wut in seinem Blick machte mir Angst. Es war offensichtlich, dass ihm der Gedanke an andere Männer nicht gefiel.
»Ich teile keine Frau mehr, vergiss es. Wenn du alleine hier bist dann tu, was du willst, aber wenn du mit mir hier bist, dann bin ich der Einzige der dich fickt.«

Mit einem schnellen Ruck griff er um mich und hob mich am Hintern hoch, so dass ich die Beine um seine Hüften legen musste. Meine Arme verschränkte ich um seinen Nacken und in dieser umschlungenen Position ging er mit mir auf den Billardtisch zu. Ich hatte ihm so vieles zu sagen, so vieles zu erwidern, aber all meine Worte schienen unwichtig zu sein. Das Einzige das zählte, waren wir zwei, und zwar im Hier und Jetzt. Ich wollte keine Gedanken an die Vergangenheit oder an die Zukunft verschwenden, sondern das genießen, was gerade geschah. Mit jeder Faser meines Körpers wollte ich ihn spüren, schmecken und sogar riechen. Als wir am Tisch ankamen, setzte er mich ab. Meine Beine blieben um seine Hüften geschlungen.

Chris war durch die Begegnung mit den beiden Männern aggressiver geworden, herrischer. Ich küsste ihn und suchte seine Zunge, doch er drückte meinen Oberkörper hinunter auf den Tisch, so dass ich flach da lag. Seine Griffe wirkten routiniert. Er nahm meine Handgelenke und machte sie diesmal an meinen Oberschenkeln fest. Vorher verschob er die Lederriemen an meinen Beinen so, dass die Ösen nach außen zeigten. Ich war ihm ausgeliefert. Die Lampe über dem Tisch, leuchtete jeden Zentimeter von mir aus. Langsam zog er sich seine Short aus und begann damit seinen Schwanz zu massieren. Um ihn zu provozieren, stellte ich ein Bein nach dem anderen am Rand des Tisches, auf der Holzverkleidung ab, so dass er eine noch bessere Sicht auf meine feuchte Mitte bekam. Weil ich mit dem Oberkörper flach am Tisch lag, konnte ich nur sein Gesicht sehen, deshalb erschrak ich, als er mich plötzlich an dem Leder-riemen der über meinen Bauch verlief, näher zu sich zog.

Mit einem Ruck war mein Arsch nicht nur am höl-zernen Rand, sondern auch er bereits in mir. Seine Hände stütze er am Tisch neben meinem Gesicht ab. Beinahe blieb mir die Luft weg, so unvorbereitet traf mich sein Durchmesser. Ich brauchte einen kurzen Augenblick, um mich an seine Größe zu gewöhnen, und die kurze Zeit gab er mir auch. Als er sah, dass ich wieder durchatmete, fing er damit an immer wieder in mich zu stoßen. Es waren feste, harte Bewegungen die meinen Körper jedes Mal ein Stück verschoben und mit ihm mitnahmen, wie wilde Wellen die mich mitrissen.

»Du machst mich verrückt, weißt du das?«

Ich brachte keinen Ton heraus. Immer wieder kam eine neue kräftige Welle auf mich zu. Seine Taktik hatte sich verändert. Alles deutete darauf hin, dass er sich keine Zeit mehr lassen wollte, sondern mich so schnell als möglich markieren und sein Sperma in und auf mir verteilen wollte. Die beiden Hände neben mir verschwanden, und er stellte sich wieder auf, um meine Hände von meinen Füßen zu lösen. Gerade als ich nach ihm greifen wollte, nahm er mich und hob mich leicht nach oben. Während er mich weiter fickte, küsste er mich und steckte mir seine Zunge tief in den Hals. Meine Zunge suchte seine, doch noch bevor ich ihn umspielen konnte, war der Moment vorbei. Er zog seinen Schwanz und seine Zunge aus mir heraus.

Mit einer schnellen Bewegung drehte er meinen gesamten Körper um, so dass meine Beine wieder am Boden waren und ich vor dem Tisch stand. Bevor ich verstand, was da gerade passiert war, drückte Chris mich an meinem Rücken auf den Tisch hinunter, während meine Beine am Boden blieben. Er drückte mich so fest gegen den Tisch, dass die Lederriemen mir in meine Brust drückten. Ich spürte, wie er den Riemen über meinen Hintern weiter nach oben schob und

mich dadurch völlig entblößte. Seine Hand grabschte an meinem nackten Arsch, der ihm durch diese Stellung perfekt präsentiert wurde. Zuerst rieb er mit seiner Hand an meinem Hintern, aber kurz darauf klatschte er mit seiner flachen Handfläche darauf. Ich schrie auf, weil ich erschrocken war. Der anfängliche Schmerz dehnte sich in eine pulsierende Wärme aus und zog sich bis zu meiner feuchten Öffnung. Immer wieder knallte er mit seiner Hand auf meinen ungeschützten Hintern, der mittlerweile knallrot sein musste, aber ich bekam nicht genug. Nervös zappelte ich mit meinen High Heels am Boden hin und her, weil ich nicht mehr warten konnte.
»Fick mich endlich, bitte!«

Ich war mir nicht sicher, ob er mich hören konnte, weil mein Gesicht seitlich am Tisch lag. Chris schien mich allerdings trotzdem verstanden zu haben, denn seine Hand rieb noch ein paarmal über die gerötete Stelle bevor er mir um die Hüften griff und meinen Hintern so weit zu sich zog, bis ich in der perfekten Position war. Seine harte Eichel drückte gegen meinen feuchten Eingang und ich konnte es kaum erwarten. Instinktiv drückte ich mein Becken etwas weiter nach hinten, doch Chris bemerkte es und ging selbst einen Schritt zurück. Ungeduldig zappelte ich

mit meinen Beinen, aber seine dicke Eichel quälte
mich weiter.

»Bitte«, wimmerte ich.

»Wie war das?«

Er war der Teufel höchstpersönlich, da war ich mir
sicher.

»Bitte!«

Mehr brauchte er nicht. Sein Schwanz fand direkt an
meinen innersten Punkt. Mit einem festen Ruck war
er in mir und füllte mich aus. Wieder blieb mir fast
die Luft weg und ich brauchte einen Moment, aber
schon nach wenigen Sekunden wollte ich mehr als ihn
nur in mir spüren. Chris schien es sofort zu bemerken
und griff um mein Becken, um fest in mich zu stoßen.
Ich war so geil, dass es nur wenige Stöße brauchte,
bis ich kam. Ich explodierte förmlich und zersprang
in tausend Teile. Auch Chris wurde plötzlich langsamer und pumpte mich mit seinem Sperma voll. Er
gab mir alles von sich. Es war ein kurzer, leiden-
schaftlicher Fick. Langsam zog er sich aus mir
heraus. Im selben Moment floss sein warmes Sperma
an meinen Beinen herunter, er hatte mich bis zum
Rand gefüllt.

Mein Körper war noch schwach und an aufstehen konnte ich nicht einmal denken. Ich genoss es, dass mein Oberkörper auf dem Billardtisch lag, so schwer fühlte er sich an. Neben dem Eingang jedes Raumes befanden sich Taschentücher und feuchte Intimtücher. Die Geräusche ließen mich drauf schließen, dass Chris sie entdeckt hatte.

»Du kannst dir gar nicht vorstellen, wie geil du gerade aussiehst. Dein Arsch ist perfekt, und deine Beine in diesen Schuhen. Aber das Beste ist mein Sperma, das aus dir läuft und auf deinen Schenkeln klebt. Es fällt mir schwer, meine Spuren zu beseitigen, aber ich will mal ein Gentleman sein.«

Vorsichtig reinigte er meine Schenkel mit einem feuchten Tuch und kämpfte sich immer höher, bis zu meiner Öffnung. Als er fertig war, ging er wieder ein paar Schritte, ich vermutete zum Mülleimer, der ebenfalls neben dem Eingang stand und kam wieder zurück zu mir.

»Willst du nicht wieder hoch kommen? Oder gefällt es dir auf dem Tisch so gut?«

Chris hatte ja recht, ich konnte nicht die ganze Nacht hier liegen bleiben, also stemmte ich meine Hände seitlich auf den Tisch und drückte mich hoch. Mein komplettes Outfit war ein Desaster, alles war verrutscht. Chris lächelte und musterte mich.

»War ich das etwa?«

Gespielt wütend sah ich ihn an und versuchte, alles wieder ein wenig in Ordnung zu bringen. Meine Frisur glich mittlerweile eher einem Vogelnest, als einer voluminösen Lockenfrisur. Seine Boxershort hob er vom Boden auf und zog sie wieder an. Ich musste lachen, denn seine Masche saß immer noch perfekt.

»Wieso sehe ich aus wie eine missbrauchte Schlampe und bei dir sitzt immer noch alles perfekt?«

Er fuhr sich mit seiner Hand durch die Haare und sah zufrieden aus.

»Weil du meine Beute warst, und nicht umgekehrt.«

Seufzend öffnete ich die Tür und ging hinaus in den Gang.

»Kommst du?«

Zufrieden sah er sich noch einmal kurz im Raum um, bevor er die Tür hinter sich schloss und sich neben mich stellte.

»Das war unbeschreiblich heute. Ich weiß, dass du mir etwas zeigen wolltest, das du bisher noch mit niemandem geteilt hast, danke.«

Chris zog mich zu sich und küsste mich. Er legte seine Stirn an meine und atmete tief aus.

»Das war der Wahnsinn.«

Obwohl ich schon so oft im Club war, war dieser Abend auch für mich besonders. Ich suchte nach den richtigen Worten, als Sylvia auf uns zukam.

»Hi, hattet ihr Spaß?«

Wir stellten uns nebeneinander hin und sammelten uns wieder.

»Danke ja, ich bin auf meine Kosten gekommen, und du?«

Sie zwinkerte mir zu.

»Ich auch, und das mehr als einmal.«

Sie starrte Chris an und wartete auf seine Reaktion.

»Schön für dich, dann hat sich der Abend ja für uns alle gelohnt.«

Sylvia hätte bestimmt gerne etwas anderes von ihm gehört, aber mehr würde sie nicht von ihm bekommen und das wusste sie.

»Also dann, ich mach mich auf den Weg. Vielleicht sieht man sich ja mal wieder.«

So schnell wie sie bei uns war, war sie auch wieder verschwunden.

»Ich denke, wir sollten uns auch fertig machen und nach Hause gehen.«

Chris nickte nur und ging wie ferngesteuert auf die Umkleidekabinen zu.

»Wie kommst du nach Hause? Soll ich dich begleiten?«

Ich wollte lieber alleine nach Hause spazieren, um dabei einen klaren Kopf zu bekommen.

»Danke, aber ich hab es nicht weit und bin es gewohnt alleine zu gehen. Also wenn du fertig bist, kannst du gerne gehen. Die Jungs werden die Spindkarte von dir verlangen. Den Lift können sie dir rufen und die Schiebetüren im Eingang gehen von innen immer auf, also musst du nicht auf mich warten.«

Er nickte und wusste nicht, wie er sich von mir verabschieden sollte. Ich hatte solche Situationen schon oft erlebt. Wenn man sich für einen Moment so nahe war, schien es seltsam sich bei der Verabschiedung nur die Hand zu reichen, aber mittlerweile konnte ich gut damit umgehen. Chris hingegen definitiv noch nicht. Um ihm den Abschied zu erleichtern, ging ich auf ihn zu und gab ihm einen Kuss auf die Wange.

»Komm gut nach Hause und schlaf gut, Sergei.«

Er entspannte sich ein wenig.

»Danke, du auch, Cassandra.«

Ich ging unter die Dusche und genoss den Duft, der mich umgab. So müde war ich selten, nachdem ich hier meinen Spaß hatte, aber dieser Abend war auch für mich aufregender als üblich. Mein erster Gast, und es war gut. Ob ich ihn öfter mitnehmen würde? Als ich darüber nachdachte, fiel mir ein, dass ich nicht einmal seine Telefonnummer hatte.

Ahornsirup? Ich komme!

Das Wochenende verging wieder mal viel zu schnell. Meine ehemalige Mitbewohnerin vom Studentenwohnheim Chloe und ich waren am Sonntag brunchen und danach war ich eine große Runde Laufen, aber die restlichen Stunden zogen an mir vorbei. Mit dem Joggen hatte ich erst begonnen, als ich regelmäßig in den Club ging. Man glaubt ja gar nicht, wie kräftezehrend Sex sein kann und um meine Ausdauer zu verbessern fing ich mit Kardiotraining an. Die ersten Wochen waren der reinste Horror. Meine Kopfhörer hatte ich zwar immer auf, aber erst nach ungefähr einem Monat konnte ich die Musik auch tatsächlich hören, weil die Hilfeschreie aus meinem Kopf endlich leiser wurden.
Mittlerweile sah ich das Training als eine tolle Methode, um meinen Kopf frei zu bekommen. Ich genoss auch das Gefühl, wenn ich danach unter der Dusche stand und meinen ganzen Körper spürte.

Es war wieder einmal Montag morgen und der Wecker schrie mich förmlich an. Bei Western Energy konnten wir uns die Dienstzeiten frei einteilen und ich war jemand, der gerne früh nach Hause ging. Leider war ich aber niemand, der morgens gut aus dem Bett kam. Schnell machte ich mich fertig, füllte meinen Thermosbecher randvoll mit Kaffee und beeilte mich ins Büro. Seit ungefähr zwei Jahren hatte ich mein eigenes Büro. Davor saß ich in einem Großraumbüro und hasste es. Nachdem ich immer mehr Kunden an Land zog und meine Umsätze weiter stiegen, bekam ich meine eigenen vier Wände und ich würde sie nie mehr wieder hergeben.

Ich schloss die Tür hinter mir, stellte meinen Becher ab und lies mich in meinen Schreibtischsessel fallen, während mein Laptop startete. Die Aussicht war atemberaubend, deshalb drehte ich meinen Stuhl Richtung Fenster und genoss den Anblick der Stadt. Auch nach all den Jahren konnte ich es oft noch nicht fassen hier angekommen zu sein. In Romeo hatte alles Grenzen und mir kam es immer so vor als könnte ich sie sogar körperlich spüren. Hier in Detroit war alles möglich und Grenzen schienen der Vergangenheit anzugehören. Natürlich gab es Regeln, wie auch überal anders auf der Welt, aber trotzdem kam es einem so vor als wäre nichts unmöglich.

Um den Moment noch besser zu machen, griff ich nach hinten um mir den Thermosbecher zu schnappen und mir meinen ersten Schluck Kaffee zu gönnen. Er musste doch direkt hinter mir sein. Ohne den Blick von der Stadt lösen zu wollen, fuchtelte ich mit der rechten Hand weiter hinter mich, um den Becher zu finden, aber er war nicht da. In Detroit schien zwar alles möglich zu sein, aber meinen eigenen Thermosbecher zu finden wirkte gerade wie die größte Herausferderung überhaupt. Ich atmete genervt aus, bemitleidete mich einen Moment selbst und drehte mich Richtung Schreibtisch um. Beinahe hätte ich laut geschriehen.

»Laurence, was tust du denn hier? Ich habe dich gar nicht kommen hören.«

Der Vorstand meiner Firma hatte meinen Becher in der Hand und grinste mich hinterhältig und belustigt an.

»Guten Morgen Alex, störe ich dich etwa bei der Arbeit?«

Schnell stand ich auf und ging auf ihn zu, um mir endlich meinen Kaffee zu holen.

»Ja genau, ich starre eigentlich den ganzen Tag nur aus dem Fenster und hoffe, dass sich meine Arbeit von alleine erledigt, kommt dir das bekannt vor?«

Laurence streckte mir den Kaffee entgegen und lächelte mich an.

»Hattest du Spaß am Wochenende?«

Er wusste es. Er wusste, dass ich Chris mitgenommen hatte. Wieso nur wusste er immer, sofort alles?

»Ja, hatte ich. Wieso fragst du?«

Laurence ging um meinen Schreibtisch und setzte sich in meinen Sessel. Gleich wie zuvor ich, drehte er sich zum Fenster und sah hinaus.

»Du hattest einen Gast mit im Club.«

So viel zur Anonymität des Heaven. Dieser Luxus endete anscheinend sobald man ein Gründungsmitglied kannte. Es ist eben doch alles eine Frage des Geldes.

»Das stimmt.«

Was wollte er von mir hören? Wieso war er überhaupt hier?

»Du bist durch mich in den Club gekommen, ich bin dein Pate dort. Außerdem bin ich ein Gründungsmitglied und deshalb, erfahre ich solche Dinge. Ich gab dir mein Wort, dass ich dir einen sicheren Rahmen geben kann, deshalb habe ich immer ein Auge auf dich. Im Club gibt es ab und zu Personen, die nicht in das Konzept passen und uns wieder verlassen müssen. Ich kontrolliere nicht, was du tust, aber ich habe ein Auge auf dich, weil ich mich für dich verantwortlich fühle. Mein Wort möchte ich halten und dir Sicherheit geben, deshalb habe ich mich etwas informiert über deinen Gast. Kennst du ihn gut?«

Ich war sprachlos. Was wusste Laurence alles über mich und meine Erlebnisse im Club? Wusste er mit welchen Männern und Frauen ich Sex hatte?
»Chris ist mit mir in Romeo aufgewachsen, wie du bestimmt schon weißt. Seitdem ich in Detroit bin, hatten wir keinen Kontakt mehr. Ich kann gut auf mich selbst aufpassen, du musst mich nicht im Auge behalten und ich will das auch nicht. Natürlich bin ich dir dankbar dafür, dass du mir den Club gezeigt hast, aber mehr wollte ich nie.«
Er sah immer noch starr aus dem Fenster.
»Wusstest du, dass ich der Grund dafür war, wieso Michael auf so unschöne Art das Unternehmen verlassen musste?«
Ich hatte es mir immer gedacht, aber sicher war ich mir nie. Das war eine Frage die zwar immer im Raum stand, ich aber nie gestellt hätte, weil Laurence nun

mal Laurence war und nicht der nette Barista von meinem Lieblingskaffee.

»Er hat es eindeutig übertrieben, und überall schlecht von dir gesprochen. Als er sogar bei Kunden damit begann seine schmutzigen Lügen über dich zu verbreiten, da hat es mir gereicht und ich habe ihn beruflich gesehen, zerquetscht wie die Kakerlake, die er ist.«

Ich war schockiert. Sogar bei Kunden redete er so über mich? Es war eine Sache, dass er mich schlecht bei unseren Kollegen machte, aber bei den Kunden? Wie konnte ich mich jemals in diesen Menschen verlieben? Damals hatte ich gedacht, dass ich mit ihm mein Leben verbringen würde.

»Ich habe mich dazu entschlossen dir zu helfen und daran halte ich mich. Deshalb möchte ich dir sagen, was ich über deinen Freund herausgefunden habe. Was du mit den Informationen machst, bleibt dir überlassen, aber ich bin der Meinung, du solltest wissen, mit wem du deine Zeit verbringst. Er lässt sich scheiden und die Scheidung scheint nicht leicht zu werden. Seine Exfrau verlangt Unterhalt von ihm und generell geht es um Geld. Wie es scheint, hat sich dein Freund verschuldet, um seiner Frau ein gutes

Leben bieten zu können, er steckt in der Scheiße. Er leitet eine Tischlerei, die seinem Vater gehört und nur wenig Gewinn abwirft. Du verdienst hier gutes Geld Alex, und du bist ein netter Mensch, pass auf, dass du nicht ausgenutzt wirst. Dieser Chris hat eine schwere Zeit, und aus eigener Erfahrung kann ich dir sagen, dass solche Leute oft Freunde die Geld haben, mit Rettungsbojen verwechseln. Ich sage ja nicht, dass er so jemand ist, aber es könnte sein, also pass bitte auf.«

Chris hatte sich für Katy noch mehr übernommen, als ich es mir bisher vorgestellt hatte. Dieses Miststück hatte ihn dazu gebracht, Geld für sie auszugeben, das er nicht hatte. Sie wusste genau, welche Knöpfe sie bei ihm drücken musste.

»Danke Laurence, aber ich wusste von seiner Scheidung und ich kenne seine Exfrau. Mir war zwar nicht klar, dass er sich für sie verschuldet hat, aber ich wusste, dass sie mehr wollte, als er ihr bieten konnte.«

Er starrte weiter aus dem Fenster.

»Es liegt alles bei dir. Ich wollte nur, dass du es weißt. Übrigens war ich letzte Woche mit Phil Hewitt beim Baseball und er hat mir nur Gutes von dir berichtet. Du hast seiner Enkeltochter geholfen, die

Bewilligung für ein Kleinkraftwerk zu besorgen. Er wechselt jetzt mit all seinen Filialen zu uns, und das ist dein Verdienst. Das schreit nach einem Bonus.«

Laurence stand wieder auf und sah mich endlich an.

»Danke.«

Er nickte und verlies wortlos mein Büro.

Den restlichen Tag über war ich unruhig. Als ich meine Wohnungstür hinter mir schloss fühlte sich mein Kopf leer an. Ich hatte keine Ahnung, was ich als Nächstes tun sollte. Wie konnte ich überhaupt Kontakt mit Chris aufnehmen? Und wollte ich mit ihm noch einmal ins Heaven? Wollte ich mit ihm über seine Situation reden? Ich hatte keine Antwort auf keine meiner Fragen. Ohne zu wissen, was ich wollte, begann ich damit, die Telefonnummer der Tischlerei herauszufinden. Ich tippte *Taylor Tischlerei Detroit* ein und sofort kamen alle Daten. Der Standort war am anderen Ende der Stadt. Ich drückte auf die Nummer und es läutete.

»Tischlerei Taylor, sie sprechen mit Veronica, was kann ich für sie tun?«

Die Stimme klang nach einer älteren, gestressten Frau.

»Hi, hier ist Alex, ist Chris zu sprechen?«

Die Stimme am anderen Ende der Leitung räusperte
sich.

»Sie meinen Chris Taylor? Der ist nicht hier. Kann er
sie zurückrufen?«

Sie würde mir wohl nie einfach so seine Nummer
geben, deshalb gab ich ihr meine und bat darum, sie
Chris weiterzugeben.

Mein Kühlschrank war wieder einmal leer, nur ein
paar abgelaufene Mineralwasserflaschen mit
Geschmack lagen darin. Ob Mineralwasser ein
Ablaufdatum haben konnte? Ich sah mir die Flasche
gerade genauer an und überlegte, ob ich mein Glück
damit versuchen wollte, als mein Telefon klingelte. Es
musste Chris sein, aber das ging viel zu schnell. Ich
wusste noch nicht einmal genau, was ich ihm sagen
wollte. Um ehrlich zu sein, war mir die Verzögerung
im Bezug auf unser Gespräch nur recht, weil ich auf
einen Geistesblitz gehofft hatte. Für den hatte ich jetzt
keine Zeit mehr.

»Hallo?«

Was war das nur für eine dumme Begrüßung? Normalerweise konnte ich das besser.

»Hi Alex, ich bin es, Chris. Meine Sekretärin hat mir
gesagt, du hast mich versuchst zu erreichen. Es freut

mich, von dir zu hören. Ich wollte mich auch schon bei dir melden, hatte aber keine Nummer von dir.«

Es folgte eine unangenehme Pause, in der ich nicht wusste, was ich ihm genau sagen wollte.

»Geht es dir gut?«

Etwas dümmeres hätte mir nicht einfallen können, aber was sagte man einem Freund, den man seit über zehn Jahren nicht mehr gesehen und danach in einen Sexclub verschleppt hatte?

»Danke, alles gut. Ich bin ein paar Tage geschäftlich in Toronto, und wie geht es dir so?«

Ich wollte mit ihm reden, aber nicht am Telefon.

»Toronto, ich liebe diese Stadt. Was haltest du davon, wenn ich morgen rauf fahre, und wir uns abends treffen?«

Wieder war es unangenehm lange still in der Leitung. Wirkte meine Frage nach einem gemeinsamen Abend, wie der verzweifelte Versuch einer Stalkerin, Kontakt mit ihrem Objekt der Begierde aufzunehmen?

»Klar, das ist eine gute Idee. Ich wohne bei Steve, den hast du ja schon kennengelernt. Es wäre denke ich am einfachsten, wenn ich dir seine Adresse schicke und du morgen direkt hier her kommst. Gleich um die Ecke ist ein gemütliches Pub, wenn du Lust hast.«

Chris wohnte bei einem Freund, das erklärte, wie er sich den kleinen Ausflug leisten konnte.

»Gute Idee, machen wir es so. Ich fahr hier so gegen 16:00 Uhr los und fahr dann direkt zu Steve. Wenn mein Navi eine halbe Stunde anzeigt, schreib ich dir?«

Wir einigten uns darauf und beendeten unser unangenehmes Gespräch.

Am nächsten Tag sprach ich sofort mit Jake und nahm mir die restliche Woche frei. Durch diesen Kurztrip konnte ich dem Ana Meeting entgehen und bei dem Gedanken fühlte ich mich wie eine Lottogewinnerin. Laura kam kurz vorbei und ich erzählte ihr von meinen Plänen. Sie liebte Toronto ebenfalls und war neidisch, dass ich ganz alleine hoch fuhr. Wir beschlossen, einmal gemeinsam die Stadt unsicher zu machen.

Meine Tasche lag gepackt im Auto, das wiederum in der Tiefgarage abfahrbereit parkte. Western Energy hatte eine Kooperation mit einer exklusiven Hotelkette, deshalb buchte ich mir für den Spontanurlaub ein Zimmer, und zwar die Grande Suite. Es war kurz vor 16:00 Uhr, also stempelte ich aus und machte mich auf den Weg zum Lift. Da stand sie. Ana

kicherte mit einer Mumie, die ich namentlich nicht
kannte.

»Hi Alex, gehst du etwa schon? Na du kannst ja früh
Schluss machen. Ich habe so viel Arbeit am Tisch, da
ist an gehen noch lange nicht zu denken.«

Sie war kein dummes Miststück, das wusste ich ja
schon. Sich selbst am besten nach oben heben, indem
man andere nach unten drückt, das sorgte effektiv für
noch mehr Abstand zu den Anderen.

»Du erinnerst dich noch an Chris? Ich treffe mich
gleich mit ihm in Toronto, deshalb muss ich heute
mal pünktlich los. Die Kanadier haben zwar reichlich
Ahornsirup, aber ich hoffe, die haben da oben auch
Cranberrysaft, wenn du mich verstehst. Ich wünsche
dir viel Spaß hier im Büro mit all der beneidens-
werten Gesellschaft.«

Ich lächelte dem alten, notgeilen Bock entgegen und
freute mich, als sich die Lifttüren öffneten. Ich lies sie
mit offenen Mund stehen, marschierte in den Lift und
konnte es kaum erwarten, mich in mein Auto zu
setzen.

Hier in der Stadt brauchte man kein großes Auto, deshalb kaufte ich mir mit einem meiner ersten Gehalts-
schecks einen gelben Suzuki Swift, die Sportausfüh-
rung, und ich liebte ihn. Leider kam ich viel zu selten

dazu, ihn zu fahren, deshalb genoss ich die Fahrt um so mehr. Ich drehte das Radio auf und sang fast den ganzen Weg über mit. Kurz nach meiner Tankpause zeigte mir das Navi noch rund 30 Minuten an, also schrieb ich Chris eine Nachricht, um mich anzukündigen. Der Verkehr war besser als gedacht, deshalb kam ich pünktlich an und parkte mich gerade ein, als Chris aus dem Gebäude auf der gegenüberliegenden Straßenseite kam. Er hatte etwas von einem lebendigen Tagebuch an sich. Alles an ihm erinnerte mich an eine Zeit, in der ich mich leicht und unbeschwert fühlte. Ich atmete tief durch, griff nach meiner Handtasche am Beifahrersitz und stieg aus, um Chris zu begrüßen. Lächelnd starrte er das kleine, gelbe Auto an.

»Hi Alex! Ist das dein Auto?«
Ich drehte mich zu meinem Flitzer um und sah ihn stolz an.
»Hi, ja das ist meiner.«
Chris ging eine Runde um das Auto.
»Das passt perfekt zu dir. Ein langweiliger Kombi in mausgrau würde deiner Persönlichkeit nicht gerecht werden.«
Damit traf er mitten ins Schwarze, ich fand solche Autos langweilig und emotionslos.

»Wenn du das Auto genug bewundert hast, dann zeig mir doch mal das Pub, von dem du gesprochen hast. Mein Magen knurrt und auf ein Bier freu ich mich auch schon.«

Das Pub, war tatsächlich gleich um die Ecke. Das Lokal war weitläufig, aber trotzdem gemütlich. Chris ging zielstrebig auf einen etwas versteckten Platz zu, ganz hinten links in einer Nische.
»Gefällt es dir hier?«
Ich nickte und sah mich, während dem hinsetzen, um. Wir bestellten Burger und Bier. Direkt danach begann ein unangenehmes Schweigen. Ich wusste selbst nicht genau, was ich hier wollte. Worüber ich mit ihm spre-chen oder was ich mit ihm tun wollte hatte ich noch nicht fertig druchdacht. Unser Ausflug ins Heaven gefiel mir und ich mochte Chris immer noch, aber was da zwischen uns war, konnte ich nicht sagen.

Während der Fahrt nach Toronto, dachte ich immer wieder über das Gespräch mit Laurence nach. Die Schulden machten mich unsicher. Geldprobleme konnten in Menschen eine hässliche Seite wecken. Ich hatte allerdings nicht vor, Chris darauf anzuspre-chen, weil es mich im Grunde nichts anging. Wenn er nicht mit mir darüber sprechen wollte, dann hatte ich das zu respektieren.

»Ich freue mich, dass du dich gemeldet hast. Unser letztes Treffen war für mich eher ungewöhnlich, aber gut ungewöhnlich. Du bist anders als andere Frauen. Vielleicht bist du der erste Mensch den ich kenne, der wirklich frei ist. Wenn ich so nachdenke, dann hattest du immer schon einen starken Willen, der auch schon früher nicht oft mit dem Strom im Einklang war. Du bist alleine nach Detroit gegangen, hast uns alle zurückgelassen und dich auf dich selbst konzentriert. Ich habe dich dafür bewundert. Und schau, was aus dir geworden ist. Eine starke Frau, die definitiv weiß was sie will und mitten im Leben steht.«

Unbewusst hielt ich den Atem an und konnte Chris nicht mehr direkt in die Augen sehen. Komplimente außerhalb des Heavens waren mir immer suspekt gewesen. Ich fühlte mich mit einem Schlag unwohl und bemühte mich, das Thema zu wechseln.

»Danke, aber so außergewöhnlich bin ich nicht. Ich habe mich auch gefreut, dich wiederzusehen. Unser Besuch im Heaven war für mich aufregender als üblich. Du warst, wie gesagt, mein erster Gast. Ich hatte noch nie im Club Sex mit jemanden, der meinen echten Namen kannte. Bisher hatte ich nur eine Beziehung, und die hielt nicht sehr lange. Alle anderen Berührungspunkte mit Männern hatte ich danach nur noch im Club. Du bist meine erste Mischung und ich weiß nicht genau, wie ich mit dieser neuen Art von Beziehung umgehen soll, wenn ich ehrlich bin. Für mich bist du nicht wie die anderen Männer im Club, dafür kennen wir uns zu gut. Ich denke, du bist gleich wie ich, nicht auf der Suche nach einer ernsthaften Beziehung, oder?«

Chris nickte und hörte mir gespannt zu.

»Deshalb würde ich vorschlagen, wir genießen, was wir haben und nehmen uns voneinander, was uns guttut. Ich will wieder mit dir in den Club gehen, aber auch Burger und Bier sollten wir gemeinsam genießen können, wenn wir Lust darauf haben. Siehst du das genauso?«

Wieder nickte Chris und sah zufrieden aus. Die Kellnerin brachte endlich unsere Pints.

»Auf eine unkonventionelle Beziehung.«

Er hielt mir sein Glas entgegen und ich stieß mit meinem, feierlich dagegen.

»Auf eine gute Zeit.«

Wir redeten den Großteil des Abends über gemeinsame Erlebnisse in Romeo. Unsere ersten Erfahrungen mit Alkohol, wie wir uns bei den Eltern gegenseitig ein Alibi dafür verschafften, unser erstes Flaschendrehen, die Schulausflüge und so vieles das ich bis dahin vergessen hatte. Als wäre es in einer Kiste verstaut gewesen, deren Deckel ich erst an diesem Abend wieder öffnete. Wir vermieden es tunlichst über seine Scheidung oder Katy zu reden und blieben mit unseren Gedanken in der sicheren, sorglosen Vergangenheit. Es wurde spät, auch wenn ich unser Gespräch genoss, musste ich noch mein Hotel finden.

»Weißt du zufällig, wo das Pacific Rim ist?«
Er zückte sein Telefon und gab den Namen ein.
»Ich weiß, welches das ist. Das Auto lässt du aber bei Steve stehen, oder?«
Gespielt genervt sah ich ihn an.
»Ja, Mama.«
Wieder blickte er in sein Telefon.
»Es ist nicht so weit, vielleicht zehn Minuten zu Fuß. Ich begleite dich!«

Wir standen auf und gingen zu meinem Auto, um den Trolley zu holen. Die Stadt war auch nachts beeindruckend, deshalb genoss ich unseren kurzen Spaziergang. Der Eingangsbereich des Hotels war sehr modern gestaltet und gut beleuchtet.

»Danke, dass du mich hergebracht hast.«

Ich sah ihm direkt in seine Augen. Wir waren uns zwar einig darüber, gemeinsam weiterhin in den Club zu gehen, aber ob wir auch außerhalb davon Sex haben wollten, hatten wir nicht besprochen.

»Ich bin nicht so ein Samariter, wie Marc es vorgibt zu sein. Der Abend war schön, und wenn es nach mir geht, dann muss er hier noch nicht enden.«

Er hatte also einen Hintergedanken bei seinem Angebot, mich ins Hotel zu begleiten. Seine Direktheit gefiel mir.

»So Einer bist du also. Geleitest hilflose Frauen zu ihren Hotelzimmern, um dann über sie herzufallen.«

Er zuckte mit den Schultern und stimmte mir dadurch wortlos und mit einem schamlosen Lächeln im Gesicht zu.

»Also gut, dann komm.«

Alex im Wunderland

An der Rezeption begrüßte uns eine junge, hübsche
Frau, die meine Daten aufnahm und mir die Zimmer-
karte gab. Die elektronische Karte in meinen Händen
erinnerte mich an die Eintrittskarte ins Heaven.

»Ihre Suite ist im siebten Stock. Der Lift ist gleich da
vorne. Frühstück gibt es morgen im Erdgeschoss ab
07:00 Uhr.«
Ich bedankte mich und wir machten uns auf zum Lift.
»Heute geht es mal nach oben, nicht nach unten«,
meinte Chris.
Ich musste schmunzeln, weil er ebenfalls die Paral-
lelen erkannte.
»Ja, heute scheint alles anders, aber irgendwie trotzdem vertraut. Fast so, als wäre ich letztes Wochenende mit dir nicht hinunter ins Heaven, sondern in
den Kaninchenbau gegangen und in einem Wunderland rausgekommen.«
Chris sah mich direkt an und ich spürte wieder dieses
Ziehen.
»Alex im Wunderland meinst du?«

Wir lachten beide, als der Lift endlich kam und sich öffnete. Die Türnummern waren gruppiert und die Gehrichtung mit Pfeilen gekennzeichnet. Wir gingen nach rechts und gleich die zweite Tür war unsere. Ein kurzes *Ping,* und die Zimmertür ging auf.

Es war wie in einem weitläufigen Loft. Das Zimmer bestand aus einem einzigen, großen Raum. Das Badezimmer war nur durch eine Glaswand vom Raum abgetrennt. Ein gemütliches, olivgrünes Sofa stand mitten im Zimmer und war, auf einen Fernseher, der an der Wand hing gerichtet. Das Bett hatte Holzsteher an jedem Ende und war aus dunklem Holz gefertigt. Chris ging sofort darauf zu und begutachtete die Steher.

»Das ist eine schöne Arbeit. Meine Tischlerei hatte erst vor kurzem einen ähnlichen Auftrag. Das Holz, das hier verwendet wurde, ist sündhaft teuer.«

Beeindruckt legte er seine Hand an einen der Pfeiler und folgte den eingravierten Linien mit seinen Fingern. Meinen Trolley rollte ich neben das Sofa und ging ins Badezimmer, um mich dort umzusehen. Am Ende der Glaswand war ein Vorhang angebracht, den man vorschieben konnte, um Privatsphäre zu bekommen. Durch das Glas beobachtete ich Chris weiterhin. Er schien sein Handwerk wirklich zu mögen und die Tischlerei nicht nur wegen fehlender anderer Optionen übernommen zu haben.

Ich begann damit mir die Klamotten abzustreifen und schaltete die Dusche an. Schnell war der kleine Bereich eingehüllt in eine warme Nebelwolke. Sogar das Geräusch des plätschernden Wassers konnte Chris nicht ablenken, er starrte das Holz weiter an. In der Dusche waren Spender angebracht, deshalb ließ ich mein mitgebrachtes Duschgel und Shampoo im Trolley und stieg unter die Dusche. Das heiße Wasser fühlte sich herrlich auf meiner Haut an. Ich pumpte mir Duschgel in die Hände und schloss die Augen. Es roch nach frischen Zitronen und der heiße Dampf verteilte den Geruch überall. Gerade als ich damit begann, meine Hände einzureiben, bemerkte ich, wie es hinter meinen geschlossenen Augen dunkler wurde. Jemand musste sich zwischen mich und das Badezimmerlicht gestellt haben. Chris war direkt neben mir in der Dusche und sah mich mit großen Augen an.

»Kann mein Anblick, mit dem der Holzsteher mithalten oder waren sie interessanter?«

Er antwortete mir nicht, kam aber einen Schritt näher, nahm mein Gesicht in seine Hände und küsste mich. Es war ungewohnt intim, mit jemand anderen gemeinsam unter der Dusche zu stehen. Im Heaven stellte ich mich jedes Mal unter die Dusche, aber alleine in meiner Umkleide.

»Antwort genug?«

Wir griffen nacheinander zum Duschgelspender und seiften uns ein. Der Duft von frischen Zitronen stieg mir tief in die Nase und ich genoss den Moment. Auch Chris schien ausgelassen zu sein und begann damit die flüssige Zitrone zwischen seinen Finger zu reiben und zwischen Daumen und Zeigefinger Duschgelblasen entstehen zu lassen. Als wir Kinder waren, machten wir manchmal die Tankstellentoilette unsicher und leerten alle Seifenspender, um damit Seifenblasen zu blasen. Wir waren verrückt danach und hätte Fred uns nicht irgendwann erwischt und bei unseren Eltern verpetzt, hätte die Phase vielleicht bis heute angehalten.

»Das hatte ich beinahe vergessen. Ich weiß gar nicht, ob ich das noch kann.«

Ich nahm mir ebenfalls etwas Duschgel, rieb meine Finger aneinander, zog sie langsam auseinander und pustete durch die verschwommene Öffnung. Meine Blase platze zwar schneller als bei Chris, aber ich hatte es immer noch drauf. Wir stiegen aus der Dusche und trockneten uns ab. Ich wollte mich auf den Weg zu meinem Trolley machen, um mir ein Shirt überzuziehen, als Chris mich zurückhielt.
»Wag es ja nicht, dir jetzt etwas anzuziehen.«

Wir hatten vergessen, die Vorhänge zuzuziehen, deshalb weckte mich das grelle Licht viel zu früh. Langsam öffnete ich meine Augen und erkannte sofort, dass ich alleine war. Chris musste vor mir wach geworden sein und war offensichtlich verschwunden. Seltsamerweise war ich erleichtert alleine zu sein. Die letzte Nacht war toll, der Sex war fantastisch und der Besuch im Pub davor war lustig, aber nach so vielen Alex im Wunderland Momenten, war ich froh wieder etwas Normalität zu spüren. Heute hatte Chris einen Termin mit einem Freund von Steve, er war Landwirt und hatte wohl sehr viele Wälder in der Gegend. Der Termin hatte etwas mit der Holzlieferung an die Tischlerei zu tun, mehr wusste ich nicht. Wir hatten nicht darüber gesprochen, wann wir uns wiedersehen, oder wann Chris wieder zurück nach Detroit kommen würde, aber irgendwie war ich auch darüber froh. Ich freute mich darauf, in Ruhe aufzustehen, mir ein gigantisches Frühstück zu gönnen und mich danach in den gelben Flitzer zu setzen, nach Hause zu fahren, und die restliche, freie Woche zu genießen.

Es war Freitag Abend. Laura hatte keine Zeit, weil sie bei ihrem Bruder zu Besuch war übers Wochenende, deshalb entschloss ich mich heute den TigersClub auszulassen und direkt ins Heaven zu gehen. Als ich im Untergeschoss ankam, begrüßten mich gleich vier Securitys. Es mussten ein paar sicherheitsrelevante Personen im Club sein, denn mindestens einen von ihnen hatte ich noch nie zuvor gesehen, und zwei von ihnen trugen keine einheitliche Uniform, sondern Privatkleidung. Bisher hatte ich nur davon gehört, dass es dazu kommen konnte, aber hatte es selbst noch nie miterlebt. Wie gewohnt wurde meine Karte gescannt und ich selbst kurz abgetastet.
Es fühlte sich seltsam an, heute wieder alleine unter der Dusche zu stehen und nicht zu wissen, wen ich verführen wollte. Wieder alles auf mich zukommen zu lassen schien fremd, obwohl es für mich seit Jahren nie anders war.

Ich entschied mich für eine schwarze Corsage. Das Hauptmaterial war ein enges Netz, das viel Einblick auf meine Haut gab. Die Strapshalter spannte ich hinunter zu meinen dunklen halterlosen Strümpfen, die ich blickdicht wählte. Weil ich nicht wusste, wem ich begegnen würde, entschloss ich mich dazu, ein paar Spielsachen in meine Handtasche zu packen.

An der Bar war mehr los als üblich, deshalb setzte ich mich an den Rand und bestellte mir einen Mojito. Leider sprach die Gruppe Männer hinter mir so laut, dass ich unweigerlich alles mithören musste. Sobald mehrere Männer im Club zusammen kamen, konnte man davon ausgehen, dass sie sich gegenseitig etwas beweisen mussten und sie dadurch automatisch zu einem roten Tuch für mich wurden. Männer entwickeln im Rudel oft einen unnatürlichen Geltungsdrang und ich hatte kein Interesse daran, Teil davon zu werden. Als ich mein Glas wieder abstellte, bemerkte ich jemanden hinter mir.

Leicht genervt drehte ich mich um und stellte mich geistig auf ein unangenehmes Gespräch mit einem der Machos hinter mir ein, aber da war keiner von ihnen. Eine Frau stand hinter mir. Sie hatte eine großartige Figur, blondes, langes Haar und war fast einen Kopf kleiner als ich. Eine schwarze Spitzenmaske verdeckte ihre Augen und machte sie zu einem sexy, weiblichen Zorro.

»Hi, ich bin Nikita.«
Nervös hob sie ihr Glas und prostete mir damit zu.
»Hallo Nikita, ich bin Cassandra.«
Ich schnappte mir ebenfalls mein Glas und prostete ihr zurück. Schnell machte ich auf der Theke neben mir etwas Platz und deutete ihr, sich neben mich zu setzen.
»Bist du neu hier?«
Nikita nickte und setzte sich sofort auf den Hocker neben mir. Sie trug ein pinkes Minikleid aus Latex. Die Hocker waren aus Leder und als sie sich hinsetzte, schob sich ihr Kleid so weit nach oben, dass sie mit ihrem nackten Hintern direkt am Leder sitzen musste.
»Und wonach bist du auf der Suche, Nikita?«
Sie nahm ihren ganzen Mut zusammen und sah mir direkt in die Augen.
»Ich möchte es gerne mit einer Frau versuchen. Ich habe das noch nie getan, aber ich habe es mir schon oft vorgestellt.«

Ich trank den letzten Schluck meines Mojitos und deutete dem Kellner mir noch einen zu bringen. Mir war klar, wie das für Nikita sein musste, es war erst drei Jahre her, da ging es mir ganz gleich. Gerade wenn man auf der Suche nach einem lesbischen Erlebnis war, schien es schwer eine Fau dafür zu finden. Wenn man als Frau in einem Lokal auf einen Mann zuging konnte man sich ziemlich sicher sein, dass man nicht ausgelacht und schokiert angestarrt wurde. Hätte man allerdings versucht einer Fau einen Drink auszugeben, hätte das sehr leicht passieren können.

»Du bist eine verdammt attraktive Frau und wenn du willst, können wir den heutigen Abend gerne gemeinsam verbringen.«
Sie lächelte mich an und sah erleichtert aus. Ich drehte mich auf meinem Hocker zu ihr um und sah sie mir von oben bis unten an, sie war wunderschön.
»Du kennst die oberste Regel hier? Wir tun nur das, was für alle Beteiligten auch in Ordnung ist, also gehen wir es langsam an. Sobald du etwas nicht willst, sagst du es.«
Sie nickte nur und sah mich ebenfalls ganz genau an. Ihr schien zu gefallen, was sie sah, denn im nächsten Moment lehnte sie sich ein wenig nach vorne und

legte mir ihre Hand auf den Oberschenkel. Fragend sah sich mich an. Sie war sich nicht sicher, ob sie mich küssen durfte. Um ihr diesen ersten Schritt leichter zu machen, bewegte ich mich auf sie zu und küsste sie. Es war ein gefühlvoller Kuss, ohne Zunge, aber intensiv. Als ich mich von ihr wegbewegte, erkannte ich ihre geröteten Wangen.

Wir tranken jeder noch einen Drink, nahmen uns einen mit, für unterwegs und gingen gemeinsam aus der Bar.
»Worauf hast du Lust?«
Nikita zog ihre Schultern hoch und sah mich unsicher durch ihre Maske an.
»Okay, ich würde sagen, wir sehen uns mal um, welche Zimmer besetzt sind. Eigentlich hätte ich Lust auf den Poolbereich, aber der ist, glaube ich besetzt.«

Ich nahm sie an die Hand und stöckelte mit ihr gemeinsam den Gang entlang. Die meisten Räume waren tatsächlich besetzt. Der erste freie Raum war ein Mottoraum, das Klassenzimmer. Darin war ein Schreibtisch, eine Tafel und ein braunes Ledersofa inklusive aller Requisiten um es wie in einer Schule aussehen zu lassen. Fragend sah ich sie an. Nikita nickte und griff selbstsicher zur Türschnalle. In diesem Raum hatte ich schon einige schöne Erlebnisse gehabt, und heute würde ein neues Abenteuer dazukommen. Ich schloss die Tür hinter uns und beobachtete meine Begleiterin dabei, wie sie sich im Zimmer umsah. Jetzt wo sie direkt vor mir stand, erkannte ich die Ähnlichkeit zu Barbie. Mit ihren langen, blonden Haaren und dem pinken Latexkleid sah sie aus wie aus Barbieworld entsprungen. Nur, dass es heute keinen Ken für sie geben würde, sondern mich.

Ich stellte meine Handtasche aufs Sofa und den Drink auf den großen Schreibtisch. Endlich hatte ich beide Hände frei für Nikita. Langsam ging ich näher auf sie zu und legte die Hände auf ihre Hüften. Sie tat es mir gleich und legte mir ihre Hände an die Mitte. Wie zwei Magneten zog es uns zueinander, und wir begannen uns zu küssen. Sie schmeckte nach kaltem Energydrink, weil ihr letztes Getränk ein Vodka Energy war. Immer wieder stieß sie mit ihrer Zunge in den Mund. Ich wollte mehr, deshalb griff ich ihr mit einer Hand an den Hinterkopf und begann damit ihr meine Zunge fordernd in den Mund zu schieben. Unsere Brüste berührten sich dabei und mit jeder Bewegung fingen sie an, leicht aneinander zu reiben. Durch den dünnen Stoff konnte ich ihr Latexkleid an meinen harten Brustwarzen spüren und das Gefühl des glatten, kühlen Stoffes turnte mich weiter an.

So als hätte Nikita es bemerkt, sah sie nach unten und als sie meine härter werdenden Brüste bemerkte, begann sie damit eine Hand auf meinen Busen zu legen und mit ihrer Handfläche nachzufahren. Mein fest zusammengezogener Nippel schien ihr zu gefallen, denn sie nahm ihn zwischen ihre Finger und rieb leicht daran.

Um ihr zu zeigen, dass sie alles richtig machte, begann ich ihr leicht in den Mund zu stöhnen während ich ihr meine Zunge, immer tiefer in den Mund steckte. Zwischen meinen Beinen fing es an zu pochen und mein ganzer Unterleib zog sich zusammen.

Ich erinnerte mich an den Moment, als sie sich auf den Lederhocker setzte und entschloss mich dazu, meine Hände von ihren Hüften aus, nach hinten unten zu bewegen. Langsam griff ich an den untersten Rand ihres enganliegenden Minikleides und schob den Saum nach oben um meine Hände auf ihren nackten Arsch legen zu können. Fest drückte ich ihren knackigen Hintern. Ihr Atem wurde immer schneller. Es gefiel ihr.

Langsam drängte ich sie rückwärts Richtung Tisch. Als ich die Tischkante spüren konnte, hörte ich auf sie zu küssen und gab ihr zu verstehen sich auf den Tisch zu setzen. Vorsichtig setzte sie sich auf den Schreibtisch und behielt mich dabei die ganze Zeit im Blick. Ich griff zu meiner Tasche am Sofa und holte die Nippelklemmen und die kleine Flasche Massageöl heraus. Es war eine goldene Kette, an deren Enden jeweils eine gummierte Klemme angebracht war, die durch eine Stellschraube eingestellt werden konnte. Nikita sah jetzt aufgeregt aus und nahm mir die Kette aus der Hand, um sie sich genauer ansehen zu können. Währenddessen streifte ich ihre Träger von den Schultern und zog ihr Kleid langsam nach unten, um ihre Brüste freizulegen. Sie waren perfekt. Ich begann damit, vorsichtig ihren Nippel zu lecken, bevor ich ihn einsog und mit meinem Speichel benetzte. Dann schnappte ich mir ihre andere Brust und rieb ihren feuchten anderen Nippel mit den Fingern. Sie stöhnte auf und bäumte mir ihren ganzen Oberkörper entgegen, indem sie ihr Kreuz durchdrückte.

Gierig griff sie nach meinem Hinterkopf und drückte meine Lippen näher an sich. Immer wieder sog ich ihre gesamte Brustwarze in meinen Mund und schmeckte ihren süßlichen Geschmack. Ich griff hinter sie und nahm die kleine Flasche Massageöl in die Hand. Ich goss einen kleinen See voll in die Handfläche, verrieb es in meinen Händen und verteilte es genüsslich auf ihren Brüsten. Das Öl war durchblutend und wärmend, deshalb sah mich Nikita mit großen Augen an.

»Ich weiß, das fühlt sich gut an, oder?«
Sie nickte und biss sich leicht auf ihre Unterlippe. Dass ihre Titten noch fester werden konnten, hätte ich nicht für möglich gehalten, aber nachdem ich das Öl verrieben hatte, waren sie hart wie zwei pralle, glänzende Bälle. Sie hatte keine übertrieben großen Brüste, dafür perfekt geformte. Ich hielt die Hand auf und deutete ihr, mir die Kette wiederzugeben. Lächelnd lies sie die Kette in meine Hand gleiten und stellte ihre Hände jetzt neben sich am Tisch ab. Manchmal war die Gummierung der Klemmen etwas trocken und spröde, deshalb nahm ich die erste in den Mund und leckte sie feucht und warm. Nikita sah mich fasziniert an. Ich zog die Klemme aus meinem Mund und drückte sie auseinander um sie auf ihrem Nippel positionieren zu können. Die Stellschraube hatte ich zuvor schon geöffnet, damit ich sie langsam daran gewöhnen konnte. Der Schmerz konnte einen

am Anfang überreizen, das kannte ich selbst nur zu gut. Nachdem die Klemme auf ihrem Platz war, drehte ich an der Schraube, um sie langsam immer enger zu machen. Sie stöhnte wieder und drückte mir alles von ihr entgegen.

Bevor ich weiter drehte, küsste ich sie und genoss den Geschmack des Energydrinks dabei. Das andere Ende der Kette hing nach unten. Ich schnappte mir die zweite Klemme und schob sie mir zwischen die Lippen in den Mund. Für meine Partnerin war das alles Neuland, deshalb wollte ich nicht zu weit gehen, aber ich konnte der Versuchung nicht widerstehen. Vorsichtig bewegte ich mich einen kleinen Schritt zurück und zog damit an der Kette. Nikita stöhnte vor Schmerz auf, aber nur kurz und als ich sie ansah, erkannte ich sofort, dass sie es genoss. Noch einmal zog ich an der Kette, indem ich die Klemme etwas tiefer in den Mund zog. Wieder stöhnte sie auf. Zufrieden nahm ich das Ende der Kette aus meinem Mund und machte es an ihrem noch freien Nippel fest.

Gerade als ich auf meine Knie gehen wollte, um zwischen ihre Schenkel zu kommen, hielt sie mich zurück.

»Ich möchte das bei dir machen.«

Es war ihr erstes Mal mit einer Frau und trotzdem wollte sie sich sehr aktiv einbringen, das überraschte mich.

»Na gut, was haltest du davon, wenn wir es uns da drüben am Sofa gemütlich machen. Wir könnten beide auf unsere Kosten kommen, wenn du verstehst.«

Einen Augenblick lang schien sie zu überlegen, aber dann lächelte sie mich an und hüpfte vom Tisch herunter. Ich nahm sie an der Hand und gemeinsam stöckelten wir zum Sofa hinüber. Die Kette schlug bei jedem Schritt leicht gegen ihre Brustkorb.

Bevor sie bei mir am Sofa ankam, klopfte es an der Tür. Es kam nur selten vor, dass jemand bei geschlossener Tür klopfte, aber ab und zu versuchten einsame Besucher ihr Glück. Genervt von der Unterbrechung stöckelte ich zur Tür und öffnete sie einen Spalt. Ein Mann, an dem sofort alles nach Security schrie, stand stramm im Gang und war enttäuscht, weil er mich und nicht meine neue Freundin sah. Telefone waren im Heaven strengstens verboten und mussten versperrt werden, weshalb man hier eigentlich für niemanden erreichbar war. Bevor ich mich umdrehen und zu ihr blicken konnte, stand sie schon hinter mir, richtete sich ihr Outfit zurecht und begann, mit dem stoisch starrenden Mann gegenüber von mir zu reden.

»Ist etwas passiert? Muss ich schon gehen?«

Der Mann nickte nur und meine Begleiterin sah traurig zu Boden.

»Sag mal, ist die ganze Security heute wegen dir hier?«

Sie schaffte es nicht, mir in die Augen zu sehen, sondern studierte weiterhin den Boden.

»Ja.«

Mehr brachte sie nicht heraus. Ihre Selbstsicherheit war dahin, auf einen Schlag wirkte sie wie ein Kind und sie tat mir irgendwie leid. Wieso hatte sie nur so viel eigene Security mit und wurde sogar in einem Playroom unterbrochen von ihnen. Wer war sie nur?

»Na gut, wenn du los musst, dann ist das wohl so. Schade, aber vielleicht sehen wir uns ja ein andermal wieder.«

Sie nickte und nahm meine Hand.

»Das hoffe ich. Leider bin ich nicht oft hier in der Gegend und das war eher etwas Einmaliges. Deine Kette gebe ich am Eingang ab.«

Ohne mich anzusehen, lies sie meine Hand los und folgte dem Mann im Anzug.

Dr. McSexy, bitte in den OP!

Es war zwei Wochen her, dass wir in Toronto waren, und seitdem hatte ich mich nicht bei Chris gemeldet, aber er sich auch nicht bei mir. Und ich dachte immer öfter über den Teil, *aber er sich auch nicht bei mir*, nach. Telefonnummern hatten wir ausgetauscht, die Ausrede fiel somit flach. Soweit ich informiert war, gab es in den letzten vierzehn Tagen keine Naturkatastrophen in der näheren Umgebung. Als ich ihn das letzte mal sah, wirkte er gesund, sogar kerngesund. Wieso meldete er sich also nicht bei mir? Ich eröffnete ihm eine neue Welt, ich erfüllte ihm seine heißesten Träume und obendrauf war ich eine tolle Frau. Wieso zum Teufel, verzehrte er sich nicht nach mir?

In den letzten Tagen wurde es normal für mich, mein Telefon zu nehmen, auf seinen Namen zu drücken und mit schwebendem Daumen über der Tastatur, darüber nachzudenken, was ich ihm schreiben wollte. In mir wuchs der Wunsch danach, dass er mich auf Knien darum anbettelte, ihn noch einmal mit ins Heaven zu nehmen. Welcher Mann würde sich das nicht wünschen? So viele Fragen und keine Antworten in Aussicht, das machte mich krank. Mein Magen streikte und begann damit sich zu verkrampfen. Wenn ich nicht an einem Magendurchbruch sterben wollte, musste sich etwas ändern und zwar sofort.

Entschlossen schnappte ich mir mein Telefon, drückte auf seinen Namen und entschied mich für das Hörersymbol. Schreiben war nie meine Stärke gewesen, deshalb musste ich das mit einem Gespräch klären. Es klingelte, aber Chris hatte Wichtigeres zu tun, denn die Mailbox ging ran. War das sein Ernst? Da hatte ich mich endlich dazu aufgerafft ihn anzurufen, und dann ließ er mich mit seiner Mailbox reden. Die Sache war klar, glasklar. Ich würde diesen Mann hinter mir lassen und das Experiment, einen Gast mit ins Heaven zu nehmen, als gescheitert einstufen. Lektion gelernt. Egal wann und ob er sich noch mal melden sollte, ich hatte kein Interesse mehr daran. Ich steckte mein Telefon zurück in die Handtasche und wollte die Wohnung verlassen, als es klingelte. Sein Name erschien am Display. Ich musste mich selbst keine Sekunde lang dazu überreden alles zu vergessen und trotz den hässlichen Gedanken abzuheben. Ich tat es, ohne groß drüber nachzudenken.

»Hi Alex, du hast mich angerufen?«

Er machte es mir nicht gerade leicht mir einzureden, dass er sich die letzten Tage darum bemühen musste, mich nicht anzurufen.

»Hi, ja genau ich hab dich angerufen. Ich wolle nur mal fragen, wie es dir geht und ob du noch in Toronto bist?«

Na das klang ja überhaupt nicht idiotisch.

»Ich bin noch in Toronto, oder bessergesagt wieder hier. Ich war inzwischen ein paar Tage zu Hause, weil ich endlich die Scheidung mit Katy erledigt habe. Unsere Anwälte sind sich einig geworden und ich musste ein paar Papiere unterschreiben.«

Das war ja mal eine gute Begründung, um sich nicht zu melden und beschäftigt zu sein. Meine Stimmung wurde wieder etwas besser und meine Mundwinkel gingen leicht nach oben. Er war ein freier Mann, endlich. Ich mochte Chris und ich wollte mit ihm wieder in den Club und alles schien leichter, nachdem das Kapitel Katy hinter ihm lag.

»Das klingt ja toll. Ich freu mich für dich. Und was machst du jetzt in Toronto?«

Im Hintergrund wurde es immer lauter. Er war, den Geräuschen nach zu urteilen, in einem Lokal.

»Du weißt ja, dass ich hier ein paar gute Verbindungen zu Holzlieferanten habe und die versuche ich gerade etwas auszubauen und neue Projekte anzukurbeln. Aua, das tat weh!«

Eine Frauenstimme kicherte.

»Alles in Ordnung bei dir?«

Chris schien sein Telefon zur Seite gelegt zu haben, denn ich bekam keine Antwort und war mir sicher, dass er meine Frage nicht hören konnte.

»Alex? Bist du noch da?«

Eine Sekunde lang dachte ich darüber nach aufzulegen.

»Ja, ich bin noch da. Bei dir alles in Ordnung?«

Er lachte und flüsterte etwas Unverständliches zu jemandem, der bei ihm war.

»Ja, alles gut bei mir. Ich sitze hier gerade in Gesellschaft und bin nicht so ganz bei der Sache. Nächste Woche bin ich wieder in Detroit, vielleicht treffen wir uns dann? Würde es Freitag passen? Wir könnten ins Liberium, wenn du willst.«

Kurz überlegte ich, aber es klang nach Spaß, deshalb sagte ich zu und verabschiedete mich.

Bis zum Wochenende hatte ich im Büro so viel zu tun, dass ich oft gar nicht mehr wusste, ob es Tag oder Nacht war. Ana hatte Urlaub, deshalb waren die Überstunden etwas angenehmer. Laurence war jeden Tag noch länger im Haus als ich. Es war Freitag Abend und in allen Büros war es schon finster, als ich mich auf den Weg ins Liberium machen wollte. Nur ganz hinten im Gang brannte Licht. Es war das Büro von Laurence. Wir hatten hier im Arbeitsleben nie die Zeit miteinander zu reden und noch dazu, bemühten wir uns vor den Anderen eine gewisse Distanz zu wahren. Ich war mir sicher, dass wir alleine waren, deshalb ging ich anstatt zum Lift, zum hell erleuchteten Büro. Fest klopfte ich an der Tür und wartete auf eine Rückmeldung. Als ich mich umdrehen und wieder verschwinden wollte, schrie Laurence ein lautes und distanziertes »Herrein.«.

Wütend tippte er auf seiner Tastatur. Die Lesebrille auf seiner Nase lies ihn älter wirken. Ohne aufzuschauen fing er an zu reden.
»Was gibt es?«
Sein Tonfall verriet, dass es eine schlechte Idee war, unangekündigt bei ihm vorbeizuschauen.
»Ich wollte dich nicht stören, entschuldige.«

Er erkannte meine Stimme, nahm die Brille ab und sah mich halbwegs freundlich an.

»Guten Abend, Alex. Das ist eine willkommene Abwechslung. Die letzten Tage haben mir einige graue Haare beschert. Wie geht es dir?«

Laurence lehnte sich zurück und schnaufte tief aus.

»Viel zu tun, aber wie ich sehe, geht es dir gleich.«

Als Lächeln hätte ich seine Lippenbewegung zwar nicht bezeichnet, aber es war ein gut gemeinter Versuch.

»Ja, das kannst du laut sagen. Die neuen Marktpreise machen mir viel Arbeit, aber wir wissen beide, dass es sich für uns lohnt, also lass uns nicht jammern.«

Mein Lächeln war nicht nur ein gut gemeintes sondern ein richtiges.

»Damit könntest du recht haben.«

Laurence stand von seinem Sessel auf und streckte sich durch. Seine Handflächen zeigten zur Decke und langsam kreiste er seinen Nacken.

»Wie läuft es mit Chris?«

Er bemühte sich nicht einmal, die Frage beiläufig wirken zu lassen, er sah mir direkt in die Augen und zeigte mir damit unverblümt sein Interesse an meiner Antwort. Bestimmt wusste er, dass ich mit ihm bis

jetzt, nicht noch einmal im Club war, aber für alle
weiteren Informationen brauchte er meine Antwort.

»Es ist komplizierter als gedacht. Chris ist jetzt
geschieden, aber beruflich viel unterwegs. Wir wollen
Spaß haben, wenn wir zusammen sind und bis jetzt ist
das auch so. Für mich ist es ungewohnt wieder außerhalb meines geschützten Bereichs mit einem Mann
Kontakt zu haben. Dieses vorsichtige Herumgeeiere
verlernt man, wenn man viel Zeit im Club verbringt.
Dort geht es allen um genau eine Sache. Man muss
sich nicht überlegen, was man zueinander sagt, oder
nach wie vielen Tagen man anruft. Das ist mit Chris
anders. Wir kennen und mögen uns, sind gemeinsam
aufgewachsen und unsere Mütter gehen in dieselben
Kurse. Du warst nie verheiratet, aber hattest du
eigentlich Beziehungen außerhalb des Clubs?«

Ein ernstgemeintes Lächeln machte sich auf seinem
Gesicht breit. Er ging um den Tisch herum und lehnte
sich dagegen.
»Natürlich hatte ich Beziehungen außerhalb des
Clubs. Ich habe ihn gegründet, weil ich davor einige
schlechte Erfahrungen gemacht habe. Auch nach der
Gründung hatte ich eine Beziehung. Sie hat mich
denke ich sogar am meisten geprägt. Ich hatte mich

verliebt, und trotzdem habe ich sie betrogen und dadurch verloren. Diesmal war ich der Arsch.«

Ich konnte sehen, dass er sich in seinen Erinnerungen verlor.

»Bereust du es?«

Laurence verschränkte die Arme vor seiner Brust.

»Nein, es mag hart klingen, aber auch wenn ich sie geliebt habe, ich bin kein Typ für eine monogame Beziehung, und das hat sie mir gezeigt. Egal wie stark die Gefühle auch sein mögen, ich bin es nicht. Wenn man nach Hause kommt, sich einen Kaffee macht, die Füße hochlegt und es still ist, hat man zwei Möglichkeiten die Situation einzuordnen. Als Zeichen von Einsamkeit oder Freiheit. Für mich schreit diese Situation nach Freiheit, aber für den Großteil der Menschheit ist es das Gegenteil.«

Ich wusste genau, was er meinte. Ich war ebenfalls der Typ Freiheit. Manchmal war es aber auch schön, nach Hause zu kommen, und jemanden um sich zu haben. Während meines Studiums wohnte ich ein Jahr in einer WG und hatte eine sehr angenehme Mitbewohnerin, Chloe. Sie war ebenfalls ein Freigeist. Einmal im Monat veranstalteten wir einen gemeinsamen Filmabend und zwischendurch tranken wir einen Kaffee zusammen, aber nur wenn es sich ergab und wir beide Lust dazu hatten.

»Mit Chris ist es anders. Ich bin sonst immer froh darüber, dass die Männer im Club nichts mit meinem privaten Ich zutun haben, dass sie nur einen winzigen Teil von mir kennen und der Rest nur mir gehört. Bei Chris ist es genau andersrum, er kannte bereits die meisten Puzzleteile und ihm fehlte nur noch der Club, und jetzt habe ich ihm auch diesen Teil von mir gezeigt. Ich habe es genossen und bin mir nicht sicher, was ich jetzt tun soll. Ich genieße den Club weiterhin, wie du vermutlich weißt, war ich letzte Woche alleine dort, aber ich würde auch gerne mit ihm gemeinsam wieder hingehen. Und nicht nur das, ich genieße seine Gesellschaft auch außerhalb des Clubs. Er ist ein angenehmer Mensch, davon gibt es leider nicht so viele. Kann es denn keine Freundschaft plus geben? Das wäre die perfekte Lösung.«

Sein Gesicht wurde ernster.
»Das ist eine kindische Wunschvorstellung. Die Chance, dass zwei Menschen sich treffen, die in dieser Hinsicht gleich denken, nie Besitzansprüche stellen und mit dem kleinen Teil des Anderen genug Freude haben, ist so unwahrscheinlich wie vom Blitz getroffen zu werden. Ich habe dieses Konzept schon so oft in die Brüche gehen sehen. Einstellungen

ändern sich, und dann nie bei beiden Parteien zur gleichen Zeit. Einer von beiden hat meistens mehr Gefühle als der andere. Es gibt zu viele Komponenten die so ein Projekt zum Scheitern verurteilen, und nur eine Nadel im Heuhaufen bei der es funktionieren kann. Und selbst wenn es funktioniert, dann nur für kurze Zeit. Du hast bereits erfahren müssen was es bedeutet, Berufliches und Privates zu vermischen. Ich habe Angst, dass du gerade einen ähnlichen Fehler begehst.«

Ich wollte keine Beziehung mit Chris, nein, das würde mir nicht noch einmal passieren. Aber eine Freundschaft, in der es normal war, Sex miteinander zu haben wenn wir Lust darauf hatten. War das denn wirklich zu viel verlangt und unmöglich?
»Es ist nicht dieselbe Situation. Ich vermische zwar wieder zwei Bereiche meines Lebens, die ich nüchtern betrachtet lieber getrennt halten möchte, aber eben nicht auf dieselbe Weis. Ich bin in Chris nicht verliebt und wenn die Sache zwischen uns aus ist, kennt er nicht meine Kunden und Kollegen. Danach müsste ich ihn auch nicht jeden Tag im Büro sehen, also die Ausgangslage ist viel besser als damals.«

Ich atmete tief durch und überlegt kurz wie ich es Laurence erklären sollte, dass ich es trotz seinen schlechten Erfahrungen, mit Chris versuchen wollte.

»Vielleicht stehen die Chancen vom Blitz getroffen zu werden sogar höher, aber ich will es und deshalb werde ich dafür sorgen, dass es funktioniert. Du kennst mich besser als der Großteil hier, wenn ich mir etwas in den Kopf setze, dann schaff ich das auch. Er tut mir gut und aßerdem stimmt die Chemie zwischen uns im Club und deshalb will ich diesmal das volle Programm. Unser Gespräch hat mir nur noch klarer gezeigt, dass ich diese Freundschaft plus will.«

Sein rechter Mundwinkel ging leicht nach oben. Mit seinen stahlblauen Augen fixierte er mich und wirkte jetzt wieder jünger.
»Du weißt, was für Erfahrungen ich gemacht habe, was du damit anfängst, bleibt dir überlassen. Auch wenn du es vielleicht nicht glaubst, ich wünsche dir viel Glück bei deinem Projekt.«
Er stapfte fest mit seinem Fuß auf, den er die ganze Zet über leicht angewinkelt hatte während er sich hinten am Schreibtisch abstütze und drehte mir den Rücken zu um wieder zurück zu seinem Sessel zu gehen.

»Die Ablenkung tat gut, aber jetzt muss ich weitermachen, wenn ich dieses Gebäude vor Mitternacht verlassen möchte.«

Auch, wenn er es nicht sehen konnte, nickte ich leicht und verabschiedete mich von Laurence. Er war noch nie der klassische Geschäftsführer gewesen. Normalerweise arbeiteten die Männer an der Spitze nicht mehr viel, sondern verdienten nur noch viel, und zwar fürs Nichtstun. Mein Boss hingegen war an den meisten Tagen der Erste und Letzte im Büro. Kein Wunder, dass er bei diesem Lebensstil auf den Club angewiesen war. Wann sollte er auch die Zeit finden, um Frauen Honig ums Maul zu schmieren, damit er mit ihnen schlafen konnte. Ich verstand nie, wieso Frauen immer so taten, als hätten sie es nicht gleich nötig wie Männer. Immer mussten die Männer den ersten Schritt machen und sich ins Zeug legen um zu Sex zu kommen, dabei wollten wir Frauen es doch genauso. Manchmal wirkte der Sex beinahe wie ein Orden für außergewöhnliches Durchhaltevermögen. Wie ein Geschenk den man als Frau den Männern machte, die sich besonders bemühten. Dabei sah ich guten Sex immer selbst als das beste Geschenk, das mir ein anderen Mensch machen konnte.

Freundschaft – weil man mit Freunden alles schafft, auch ein Plus

Nachdem ich mit Laurence darüber geredet hatte, war ich mir sicher, ich wollte Chris in und außerhalb des Clubs. In Toronto hatten wir darüber gesprochen, mehr oder weniger. Es war ein kurzes Gespräch aber wir waren uns einig darüber, Spaß zu haben, und zwar als Freunde und im Bett und im Spiegelzimmer, Billardzimmer usw. Das konnte doch nicht so schwer sein. Voller Euphorie riss ich die Lokaltür auf und bemühte mich, Chris zu finden. Das Liberium war wieder voll, nur wenige Plätz an der Bar waren noch frei, die restlichen Tische waren alle besetzt. Zwei orange Cocktailgläser mit Schirmchen wurden in die Höhe gehalten und Chris winkte sogar damit. Sex on the Beach, war ja klar. Ich konnte mir das Lachen mal wieder nicht verkneifen und ging zu ihm.
»Das hätte ich mir denken können, du und dein Sex on the Beach.«

Chris gab mir einen der Cocktails in die Hand und prostete mir zu.

»Das wäre übrigens auch etwas, das ich gerne mal machen würde, Sex am Strand.«

Seine unverblümte Art gefiel mir.

»Auf deine Scheidung. Ich hoffe, du kannst dieses Kapitel jetzt hinter dir lassen.«

Er streckte mir seine Hand entgegen und deutete auf die Stelle, an der bis vor wenigen Wochen sein Ring war.

»Ich gehe nächste Woche das erste Mal in meinem Leben ins Solarium, nur damit ich diesen weißen Streifen vom Ehering endlich loswerde. Dann bin ich alles was mit dieser schrecklichen Frau zu tun hat endgültig los.«

Wir nahmen beide einen großen Schluck und ich musste zugeben, so schlecht war der Drink gar nicht.

»Was hast du in Toronto getrieben?«

Das letzte Wort hatte ich extra in die Länge gezogen, um damit auf unser Telefonat anzuspielen, und die Frau die bei ihm war. Ich hatte nichts gegen andere Frauen, solange es bei Sex blieb. Mein Projekt stand erst am Anfang und wenn es bereits jetzt eine Neue gab, in die er verliebt war, dann würde es scheitern, und das wollte ich auf keinen Fall. Chris schien die Anspielung zu verstehen und grinste mich an.

»Ich gehe davon aus, dass du von mir wissen möchtest, wie die Geschäfte laufen?«

Er war gut, und fast hätte er es geschafft mich aus der Reserve zu locken, aber nachdem mich auch dieser Teil interessierte, nickte ich und war gespannt drauf zu erfahren, wie es in seiner Firma aussah.

»Die Firma läuft nicht gerade berauschend. Die Nachfrage ist nicht so groß hier in der Stadt wie bei uns zu Hause, aber wir schreiben schwarze Zahlen. Ich musste bis nach der Scheidung warten, um mit meinem neuen Projekt starten zu können, damit Katy mir nicht noch mehr Geld stehlen kann.«

Auch Chris hatte also ein neues Projekt, zwar beruflicher Natur, aber trotzdem, wir hatten wohl etwas gemeinsam.

»Schon als Kind fand ich die Einzelstücke meines Vaters viel schöner als den ganzen Standardkram. Selten lies er seiner Kreativität freien Lauf und tischlerte Einzelanfertigungen. Als ich vor ungefähr fünf Jahren mit den Gedanken spielte in der Tischlerei zu arbeiten, beschloss ich, unser Bett selbst zu planen und bauen, und siehe da, es wurde keine totale

Katastrophe. Katy war das Geld, das mein Vater uns in Aussicht stellte zu wenig, deshalb beharrte sie auf der Idee, dass ich zum Militär sollte, um finanziell alles für uns und unsre geplanten Kinder abzusichern. Gleich nachdem ich mich von ihr getrennt hatte, habe ich damit begonnen bei meinem Vater Betten anzufertigen. Jedes Bett war etwas ganz besonderes und als die ersten Stücke verkauft wurden, begann ich damit einen Esstisch zu designen und anzufertigen. Diesen Tisch kaufte ein bekannter Innenarchitekt und er hat mir das Angebot gemacht, meine Einzelstücke zu vermitteln, wenn ich weitermachen würde.«

Chris strahlte, als er mir von seiner Arbeit erzählte.
»Damit ich beste Qualität liefern kann und gut daran verdiene, habe ich einen Deal mit einem Freund von Steve. Er besitzt tolle Wälder und hat seit gestern einen exklusiven Vertrag mit mir. Endlich kann ich das tun was ich liebe und außergewöhnliche Stücke aus Holz bauen.«
Man konnte gar nicht anders als sich mit ihm zu freuen. Er strahlte übers ganz Gesicht. Ich hob mein Glas erneut und prostete damit gegen seines.
»Ich gratuliere dir, ich wusste ja gar nicht, dass du so ein kreativer Typ bist.«

Chris kam ganz nah an mein Ohr und mit seiner sexy Stimme flüsterte er mir zu.

»Ich kann sogar sehr kreativ sein, wenn ich will, und zwar in jeder Hinsicht.«

Meine eigentliche Frage wurde nicht beantwortet. Chris musste kein schlechtes Gewissen haben, falls er Sex mit einer anderen Frau hatte, das war seine Sache. Falls er aber Gefühle für sie hatte, dann musste ich davon wissen.

»Jetzt, wo die Arbeit geklärt ist, wie sieht es denn privat aus?«

Chris amüsierte mein Herumgeeiere offensichtlich.

»Du spielst nicht zufällig auf unser letztes Telefonat an?«

Wortlos nickte ich und bemühte mich, nicht den Blickkontakt mit ihm zu unterbrechen.

»Das war Leila, die Schwester von Steve. Wir waren gemeinsam frühstücken, wenn du verstehst.«

Er hatte also Sex mit ihr. Das alleine störte mich nicht, aber ein gemeinsames Frühstück schon. Mein Projekt würde gnadenlos scheitern, wenn es bereits jetzt eine Frau gab, in die Chris verliebt war.

»Also bist du wieder in einer Beziehung?«

Ich bemühte mich, diese Frage so unangepisst wie nur möglich zu stellen.

»Bist du verrückt, natürlich nicht. Ich bin gerade erst Katy los, wieso sollte ich mich sofort wieder binden? Das war eine einmalige Sache. Sie ist nett und attraktiv, aber eigentlich hat sie auch einen Freund. Mir war es egal, weil ich ihn nicht kenne und es von ihr aus ging, aber mehr wird da nie sein. Wieso, bist du etwa eifersüchtig?«

Chris strahlte selbstbewusst bis über beide Ohren.

»Natürlich nicht, ich möchte nur unsere Freundschaft plus nicht gefährden. Es hat doch gerade erst begonnen Spaß zu machen.«

Ich griff nach seiner Hand und bemühte mich, in meinen Blick mein ganzes Verlangen zu legen. Er sollte nur wissen, dass ich noch viel mit ihm vor hatte. Der Club hatte noch einige Räume, die es zu erkunden gab.

»Das stimmt allerdings. Der Club geht mir nicht mehr aus dem Kopf. Und du natürlich auch nicht.«

Genau das wollte ich von ihm hören. Er dachte noch an unsere gemeinsame Nacht im Club und wollte offensichtlich noch einmal dorthin.

»Die Nacht in Toronto fand ich auch toll, aber der Club hat einfach etwas an sich. Nimmst du mich wieder mal mit?«

Chris sah aus, wie ein Kind, das seine Mutter bei der Kassa wegen einem Schokoriegel anbettelt. Und wieder überraschte er mich mit seiner unverblümten Ehrlichkeit, aber es gefiel mir, und zwar sehr. Männer die genau wussten was sie wollen, waren immer schon mein Beuteschema. Für mich gab es nichts Unerotischeres als unsichere Männer. Es gefiel mir zwar, dass ich die Erfahrenere von uns war und ich ihm den Club zeigen konnte, aber mehr wollte ich auch nicht. Den Wunsch einen Mann zu dominieren hatte ich noch nie. Ich fand die Vorstellung immer abturnend. Im Club waren viele Besucher auf der Suche nach Dominaspielen. Männer, die den ganzen Tag über wichtige Entscheidungen treffen mussten, waren froh im Club das Ruder endlich abgeben zu können, aber nicht bei mir.

»Mal sehen, ob du dir einen weiteren Besuch verdienst.«

Mein Cocktailglas war leer und ich streckte es ihm provokant vors Gesicht. Chris lächelte und winkte sofort den Kellner her, um zwei weitere Gläser zu bestellen.

»Nein, die Rechnung geht auf mich, ich will das so. Außerdem war es mein Vorschlag, heute gemeinsam hier her zu kommen. Und die Auswahl der Cocktails hab ich ebenfalls übernommen, deshalb gehen die Getränke auf mich. Pack deine Geldtasche wieder weg Alex, sonst werde ich wütend.«

Ich war schneller als Chris und strecke dem Kellner bereits einen Schein hin.

»Es ist mir egal, ob du die Cocktails ausgesucht oder dieses Treffen vorgeschlagen hast, ich bezahle!«

Der Kellner blickte zwischen uns hin und her und griff erst nach dem Schein, als Chris ihm auffordernd zunickte.

»Na gut, aber das nächste Mal bin ich dran und wehe du bezirzt den Kellner noch einmal, das ist unfair. Das nächste mal suchen wir uns eine nette Barkeeperin, die springt bestimmt leichter auf meine Reize an.«

Ich boxte ihm gegen die Schulter und schüttelte den Kopf.

»Selbstverliebter Mistkerl.«

»Ich muss morgen früh raus, weil ich nach Hause fahre. Eine Nacht in Romeo, was sagst du dazu? Bist du schon verplant, oder soll ich dich mitnehmen, damit du deine Eltern besuchen kannst?«

Das kam überraschend. Ich hatte mir schon lange vorgenommen, mal wieder zu Hause vorbeizuschauen, aber mit Chris und dann auch gleich über Nacht? So hatte ich mir das nicht vorgestellt. Außerdem hatte ich mit dem Gedanken gespielt, heute noch mit ihm in den Club zu gehen, aber wenn er morgen früh los musste, hatte sich das wohl erledigt.

»Ich weiß nicht so recht. Wenn ich meine Eltern besuche, dann meistens nur für einen Tag und nie über Nacht. Wieder zu Hause in meinem alten Zimmer schlafen, also ich weiß ja nicht.«

Chris nahm meine Hände und kam dadurch einen Schritt weiter auf mich zu.

»Wir hatten doch eine schöne Kindheit, deine Mutter ist der Hammer und unsere alte Gegend ist auch heute noch traumhaft. Wir können uns für morgen Abend verabreden und was trinken gehen, vielleicht zu Dave. Deine Eltern würden sich bestimmt freuen und ich wäre auch nicht beleidigt, wenn ich mich abends rausschleichen könnte, um mich mit dir zu treffen. Was sagst du?«

Er hatte ja recht, ein Besuch bei meinen Eltern war schon lange überfällig und gemeinsam mit Chris wieder zu Hause zu sein, wäre besser als irgendwann anders alleine.

»Okay, du hast mich überzeugt. Wann willst du morgen los?«

Sofort blickte er auf seine Armbanduhr.

»Es ist jetzt kurz vor 01:00 Uhr, damit wir zumindest ein wenig Schlaf bekommen würde ich 07:00 Uhr vorschlagen?«

Entsetzt riss ich meine Augen auf.

»So früh? Okay, ich schau, dass ich es schaffe.«

Wir verabschiedeten uns und ich eilte in meine Wohnung um meine kleine Tasche zu packen. Ich wollte morgen Früh in meinem Notprogramm nicht auch noch packen müssen. Bevor ich einschlief, schrieb ich meiner Mutter noch eine kurze Nachricht und kündigte mich für das Wochenende an. Sie beteuerte zwar ständig, dass ich jederzeit willkommen war und mein Zimmer immer für mich reserviert wäre, aber ich wollte nicht unangekündigt in der Tür stehen und meine Eltern bei etwas erwischen, das ich niemals sehen wollte. Lieber auf Nummer sicher gehen.

Der Wecker klingelte erbarmungslos auf meinem Nachttisch. Eine halbe Stunde hatte ich eingeplant, um mich für die Abfahrt bereit zu machen. Zuerst lief ich ferngesteuert zur Kaffeemaschine, um mir eine Tasse für sofort runterzulassen und meinen Thermobecher für unterwegs zu füllen. Schnell zog ich mich an und putzte meine Zähne. Wieso verging die Zeit in der Früh immer so schnell und in der Arbeit meistens so langsam? Bevor ich meinen letzten Schluck Kaffee genommen hatte, läutete es schon an der Tür. Ich schnappte meine Tasche, nahm einen großen Schluck und stellte das Geschirr ins Waschbecken.

Unten angekommen blieb mir fast das Herz stehen. Der alte Buick lebte noch. Chris hatte den Wagen seines Vaters wohl übernommen.

»Wahnsinn! Mit dem Auto haben wir schalten gelernt. Dein Vater war so geduldig mit mir und ich schäme mich heute noch dafür, dass ich mich dabei so schlecht angestellt habe.«

Chris öffnete mir die Beifahrertür und nahm meine Tasche.

»So schlecht hast du das gar nicht gemacht. Es war nur eine Sache, in der du nicht von Anfang an perfekt warst, und das hat dich zum Verzweifeln gebracht.«

Ohne darüber nachzudenken was ich da tue oder wie ich dabei aussehen musste, streichelte ich das Auto. Chris hatte gestern recht, wir hatten eine schöne Kindheit.

»Ich bin seitdem nie mehr mit Schaltung gefahren.«

Plötzlich warf mir Chris etwas zu. Es waren die Schlüssel vom Buick.

»Lass uns doch mal sehen, ob was hängen geblieben ist von den Fahrstunden mit meinem Vater.«

Schockiert sah ich mir die Schlüssel in meiner Hand an. Leichte Panik überkam mich und meine erste Reaktion war ihm die Schlüssel wieder zurück zu schmeißen und ihn zu fragen ob er vollkommen verrückt sei. Ein paar Sekunden später, als ich das Gewicht des Schlüssels in meiner Hand spürte und meine zweite Hand wieder auf das Dach des Buick legte nickte ich ihm allerdings zu.

»Also gut, ich verspreche gar nichts, nicht mal dass ich es schaffe, hier auszuparken, aber ich probier es. Wie oft bekommt man schon die Gelegenheit und ich bin selbst neugierig ob ich es schaffe uns in dieser Schönheit unfallfrei nach Hause zu bringen.«

Chris machte überspielt drei Kreuzzeichen und zwinkerte mir zu.

»Du schaffst das schon. Außerdem sitze ich gleich neben dir und kann dir helfen, wenn du mich brauchst.«

Mir zitterte ein wenig die Hand, als ich den Schlüssel umdrehte und der Wagen ansprang. Die Parklücke war so groß, dass ich nicht rückwärts fahren und ausholen musste, sondern sofort mit dem ersten Gang auf die Straße rollen konnte. Dieses Kupplung-Gas-Spiel hatten wir so oft geübt, deshalb war ich froh, dass es auf Anhieb klappte. Auch wenn ich dabei so konzentriert aussah wie ein Neurochirurg bei seiner schwierigsten Hirnoperation, der Wagen setze sich in Bewegung und wir fuhren Richtung Highway. Ich verfluchte jede rote Ampel, weil ich wieder runterschalten und vorsichtig losfahren musste. Als wir den Highway endlich erreichten, entspannte ich mich langsam. Wenn man die Geschwindigkeit länger beibehalten konnte, war es ja fast wie mit einer Automatik.

Chris bemerkte, dass meine Schultern endlich nicht mehr an meinen Ohren klebten, sondern sich wieder nach unten bewegten.

»Siehst du? Es ist ja gar nicht so schwer. Und jetzt, wo du dich langsam immer mehr entspannst, könnte ich dir doch dabei helfen, noch entspannter zu werden.«

Er begann damit, meinen Hals zu küssen während seine Hand an meinem Schenkel lag.

»Bist du verrückt? Ich muss mich hier konzentrieren.«

Es schien ihm egal zu sein, denn seine Hand zog jetzt leicht am unteren Saum meines Kleides um meine Beine frei zu legen. Mit seiner Handfläche rieb er leicht meinen Oberschenkel auf und ab, während er weiter an meinem Hals küsste und leckte. Mein Puls war ohnehin schon zu hoch wegen der Autofahrt und dann auch noch das.

»Du kannst ja die Hände vom Lenkrad nehmen und mich aufhalten, aber ich glaube, damit würdest du unsere Sicherheit gefährden.«

Ich gab es ungern zu, aber der Mistkerl hatte recht. Mit seiner Hand fuhr er bis ganz nach oben, bis zur Endstation. Ich konnte nicht anders, drückte meine Beine zusammen und stöhnte. Ich war geil, und das zu meiner Verwunderung gleichzeitig mit meiner Angespanntheit. Diese beiden Gefühle gleichzeitig waren intensiv, sogar sehr intensiv.

»Es liegt ganz an dir, wie lange das hier dauert. Wenn du dich beeilst und schnell kommst, dann kannst du dich schneller wieder auf die Straße konzentrieren, also streng dich an Alex.«

Ich atmete schwer aus und bemühte mich die Kontrolle zu behalten. Über die Situation, das Auto und mich selbst. Seine Finger massierten mich durch meinen Slip, immer schneller, bis er sich daran vorbei kämpfte und zwei seiner Finger tief in mich steckte. Es fehlte nicht viel für meinen Höhepunkt. Chris schob mir jetzt den Träger von der Schulter. Mein BH war aus dünnem Stoff, deshalb konnte ich das

Gebläse des Wagens auf meinen Brustwarzen spüren. Mit seiner zweiten Hand begann er meine Brust zu kneten. Gleichzeitig drängte er mich mit seinen Fingern dazu, meine Beine weiter für ihn zu öffnen und ihm ungehindert Einlass zu gewähren. Ich musste mich bemühen, meine Augen offen zu halten und meinen Kopf nicht in den Nacken zu legen, um die Straße im Blick zu behalten.

Plötzlich überkam es mich, wie eine Welle der Lust. Meine Beine zuckten gegen seine Hand und ich musste laut ausatmen, bevor mein ganzer Körper zusammensackte und sich wie eine leichte Feder anfühlte.

»Ich hasse dich.«

Chris schob mir den Träger wieder hoch und zog den Saum meines Kleides nach unten.

»Dein Körper erzählt aber etwas ganz anderes.«

Ich konnte sein unverschämtes Lächeln in seiner Stimme hören.

»Ist das normal nicht immer umgekehrt? Und außerdem macht man das nur in einem teuren Sportwagen, oder? Ich bin mir sicher, dass ich noch keinen Film gesehen habe, in dem das in einem alten Buick passiert ist und dann auch noch mit einer Frau am Steuer.«

Seine Hand legte er wieder auf meinen Oberschenkel.

»Von was für Filmen reden wir hier? Sag bloß du, siehst dir Pornos an?«

Was war das nur für eine Frage? Er wusste, dass mir Sex Spaß machte und ich sogar in einem Sexclub ein und aus ging und jetzt wunderte er sich drüber, dass ich mich mit Pornos auskannte?

»Natürlich seh ich mir die auch gerne an. Es ist nicht so, dass diese Art von Filmen nur für Männer gedreht werden, das ist dir doch klar, oder?«

Es dauerte einen Augenblick, bis er antwortete.

»Doch, eigentlich dachte ich wirklich, dass nur Männer sich so etwas ansehen. Vielleicht Paare, aber eine Frau alleine, also daran hab ich noch nie gedacht. Versteh mich nicht falsch, ich find es aufregend, dass du das tust, aber ich dachte bisher einfach noch nicht daran. Umso mehr ich darüber nachdenke, desto geiler werde ich auf dich. Du bist selbst schuld, dass ich jetzt noch mal ran muss.«

Home Sweet Home

Chris wohnte am Ende einer langen Sackstraße.
Unser Haus war in derselben Straße, aber ungefähr in
der Mitte. Zu Fuß waren es rund zehn Minuten und
wenn man beide Straßenseiten mitzählte, dann drei-
zehn Häuser, die uns voneinander trennten.

»Wann soll ich dich heute abholen?«
Wir hatten beschlossen, nicht mit dem Auto zu
fahren, weil die Polizei hier in der Gegend keinen
Spaß bei Alkohol am Steuer verstand. Zu Dave's war
es ein Fußmarsch von einer halben Stunde, vielleicht
etwas kürzer, wenn wir querfeldein gingen.
»Sagen wir 20:00 Uhr?«
Chris sah auf seine Armbanduhr und nickte.
»Das passt perfekt. Soll ich wieder Schmiere stehen
bei eurem großen Fenster, während du dich aus
deinem Zimmer schleichst?«
Ich rollte mit den Augen und konnte mir ein Lächeln
nicht verkneifen.

Meine Mutter stand vor dem Haus und goss die Rosen, als wir vorfuhren. Sie erkannte den alten Buick sofort und strahlte bis über beide Ohren. Schnell zog sie ihre Handschuhe aus und drehte den Gartenschlauch ab, damit sie auf uns zustürmen konnte.

»Du meine Güte, ich wusste ja nicht, dass du mit Chris kommst. Was für eine schöne Überraschung.«
Wir stiegen aus dem Auto und meine Mutter begrüßte zuerst Chris und danach mich.
»Ich habe mich schon gewundert, wieso du so spontan vorbeischaust und dann auch noch über Nacht, aber jetzt verstehe ich. Die gute Erziehung von Chris färbt auf dich ab. Der Junge besucht seine Eltern nämlich alle paar Wochen.«
Er hob entschuldigend seine Schultern, als meine Mutter nicht hinsah und konnte sich sein kindisches Lachen nur schwer verkneifen.
»Ich glaube Chris muss jetzt dringend zu seinen Eltern, oder?«
Mein Blick ließ keinen Spielraum für Spekulationen. Er wusste, dass er sofort fahren musste, wenn er dieses Grundstück lebend verlassen wollte. Mehr von diesen Vergleichen hätte ich nicht verkraftet, weil ich jeden verloren hätte, wenn es nach meiner Mutter

ging. Ich war eine erwachsene Frau, die erfolgreich auf eigenen Beinen stand, beinahe unverschämt viel Geld verdiente und trotzdem schaffte meine Mutter es binnen Sekunden, dass ich mich wie ein kleines Kind fühlte.

Meine Mutter winkte dem Buick hinterher, während ich ins Haus ging. Der Geruch erinnerte mich an meine Kindheit. Ein wenig roch es nach dem Waschmittel meiner Eltern, aber ein Hauch von Lavendel mischte sich immer darunter, weil meine Mutter es liebte, kleine Duftsäckchen in die Kästen zu hängen. Gäbe es die Möglichkeit, daraus ein Parfum zu machen, hätte ich es längst. Es gab nichts Beruhigenderes als diesen Duft in der Nase.

»Alex, du bist ja schon hier. Hab ich richtig gesehen? Bist du mit dem Buick gefahren?«

Mein Vater drückte mich fest und streichelte mir leicht den Rücken. Das war unser Ding.

»Ja, du hast richtig gesehen.«

Er ging einen Schritt zurück und sah mich von oben bis unten an.

»Großartig! Ich hätte nicht gedacht, dass du noch einmal in deinem Leben mit einem handgeschalteten Auto fährst. Aber offensichtlich hast du den Wagen

sicher hier her gebracht, ich bin stolz. Gut siehst du
aus.«

Mein Vater sah immer nur das Gute in mir, und ich
liebte ihn dafür. Selbst wenn ich einmal Mist baute, er
schaffte es darin etwas Positives zu sehen, half mir
wieder aufzustehen und weiterzumachen. Gegenüber
anderen Menschen verhielt er sich eher ruhig, vor
allem wenn meine Mutter dabei war. Er wusste, dass
sie gerne im Mittelpunkt stand und hatte nie ein Problem damit ihr diese Bühne zu geben und sich zurückzuhalten.

»Deine Mutter wird bestimmt noch weiter ihre
Blumen gießen, also lass uns in die Küche gehen, ich
mach dir ein paar Eier.«
Mein Vater machte immer schon das beste Frühstück
der Welt. Seine Geheimzutat war meistens Käse, und
zwar sehr viel davon.

Während er kochte redeten wir über die Arbeit. Ich
erzählte ihm von Ana und er mir von seinem neuen
Chef. Er arbeitete als Buchhalter in einer Stahlfabrik
am anderen Ende der Stadt. Es hatte etwas Beruhi-
gendes ihm beim Kochen zuzusehen.
»Ich hatte zwar schon ein Frühstück, aber ich kann
meine Tochter ja schlecht alleine essen lassen.«

Mit einem Lächeln im Gesicht kam er mit zwei Tellern auf mich zu und stellte beide auf der Theke vor mir ab.

»Hau rein, ich hoffe es schmeckt noch gleich wie früher. Ich hab an dem Rezept nichts geändert.«

Es war fantastisch. Beinahe hätte ich nach dem ersten Bissen genüsslich gestöhnt, aber ich hielt mich zurück.

»Du hast es immer noch drauf.«

Stille kehrte ein, weil wir beide unser Frühstück genossen und dabei nicht reden wollten. Das war ebenfalls unser Ding. Wenn wir gemeinsam aßen, dann immer schweigend. Wir waren noch nicht einmal bei der Hälfte, als meine Mutter ins Haus kam und sofort die Ruhe unterbrach. Wie ein Rockkonzert in einer Kirche.

»Alex, wieso hast du nicht gesagt, dass du mit Chris kommst? Und wieso konnte er nicht ein wenig bleiben? Wir hätten doch etwas trinken können. Ich nehme an, ihr fährt morgen wieder gemeinsam zurück nach Detroit?«

Mein Vater sah mich mitfühlend an.

»Ja, wir fahren morgen wieder zusammen. Heute Abend treffen wir uns auch noch und gehen zu Dave, wenn du es wissen willst.«

In ihren Augen funkelte etwas auf.

»Heute seht ihr euch also auch noch. Hast du das gehört Harry?«

Mein Vater nickte einfach nur.

»Ich fand ja schon immer, dass ihr gut zusammen passt. Vielleicht wird das ja doch noch was. Jetzt wo er geschieden ist und du auch frei und in Detroit bist, wer weiß.«

Mit einem Schlag schmeckte das Frühstück nicht mehr so gut wie noch vor wenigen Augenblicken.

»Bitte mach dir darüber keine Gedanken. Wir mögen uns, aber das war es auch schon. Wir werden vielleicht mal ins Kino oder etwas Essen gehen, aber mehr auch nicht.«

Vom Club musste sie ja nichts wissen. Und vom restlichen Sex und Gefingere natürlich auch nicht.

Der Tag verging schneller als gedacht. Wir fuhren in die Stadt, besuchten meine Tante Lilly und wieder zu Hause angekommen verbrachten wir den frühen Abend im Garten. Meine Mutter hatte Lust meinen Besuch zu feiern, deshalb tranken wir Wein und unterhielten uns dabei. Bereits das zweite Glas setzte ihr richtig zu. Ihr Lachen wurde immer lauter und mein Vater bemühte sich, sie vom dritten Glas abzuhalten, aber wenn sie sich etwas in den Kopf gesetzt hatte, dann setzte sie das auch durch. Das hatte ich von ihr.

»Ich muss noch unter die Dusche bevor Chris kommt, ich setze diese Runde aus, bis später.«

Enttäuscht sah sie mir nach. Das Klirren der Gläser klang auch aus der Ferne ein wenig zu hart. Anscheinend hatte sie sich wirklich nicht mehr ganz im Griff.

Mein Zimmer sah immer noch gleich aus wie früher. Über der Tür hing die altbekannte, rosa Uhr. Sie machte mir klar, dass ich nur noch 20 Minuten hatte, bis Chris hier auftauchen würde. Schnell zog ich mich aus und sprang unter die Dusche. Ich hatte nicht wirklich eine Kleiderauswahl, was viel Zeit gutmachte. In meine Tasche passte genau ein Outfit und meine Kosmetika, deshalb gab es heute keine ewige Modenschau vor dem Spiegel. Als ich wieder nach unten kam hörte ich es schon von weitem, Chris war hier und den Geräuschen nach zu urteilen musste er bereits ein Glas Wein mit meinen Eltern trinken.

»Hi, du bist ja überpünktlich. Wie ich sehe, hast du schon ein Glas bekommen.«
Meine Mutter prostete mir zu und streckte mir ebenfalls ein volles Glas entgegen.
»Natürlich, Chris ist unser Gast und wir haben Grund zu feiern.«

Sie übertrieb maßlos. Gegen ihre gute Laune kam ich allerdings nicht an. Sie fragte Chris über seinen neuen Job aus und wie es seinem Vater ging. Dabei lachte sie ununterbrochen und immer öfter berührte sie dabei seine Schulter. Es fing an, unangenehm zu werden, deshalb beschloss ich, dieses Fiasko zu beenden und zwar so höflich, wie es mir möglich war.

»Wir müssen jetzt leider los. Der Weg ist zu Fuß ganz schön weit und ich möchte nicht zu lange aus bleiben, damit wir morgen noch etwas Zeit miteinander verbringen können. Also dann, wir wünschen euch einen schönen abend, schlaft gut.«
Ich drückte meinem Vater einen Kuss auf die Wange und griff nach Chris. Er verstand sofort, leerte mit einem Schluck sein Glas und kam zu mir. Meine Mutter verabschiedete sich theatralisch von ihrem Lieblingsbesucher. Sie wiederholte immer wieder, dass Katy nicht gut genug für ihn war und sie das

schon immer wusste. Um uns weitere Peinlichkeiten zu ersparen, nahm mein Vater das Ruder in die Hand und zog meine Mutter zu sich und ihrem halbvollen Glas.

»Komm Schatz, lassen wir die Kinder feiern gehen und machen uns einen gemütlichen Abend.«
Sie überlegte kurz, drehte sich dann aber zu ihm und setzte sich wieder an den Tisch.

Ich sperrte die Haustür hinter mir zu und sah zu Chris.
»Deine Mutter ist ja gut drauf heute.«
Sein spitzbübisches Lächeln hielt er jetzt nicht mehr zurück.
»Sei nicht so schadenfroh, das steht dir nicht. Sie musste ja unbedingt nach dem zweiten Glas weitertrinken. Bis dahin war sie unterhaltsam.«
Wir entschieden uns wortlos für die Abkürzung und gingen quer über das Feld. Es dämmerte. In diesem Licht wirkte die Gegend noch schöner. Wenn ich in Detroit war, fehlte mir die Natur nie, aber bei dieser Aussicht fragte ich mich wieso nicht.

»Wie war dein Tag? Und bitte erzähl mir jetzt nicht, dass alles toll war, ganz ohne peinliche Zwischenfälle.«

Kurz dachte er darüber nach.

»Also betrunken hat sich niemand. Luke war zu Besuch mit meinem Neffen, Pablo. Der Kleine ist unterhaltsam. Er ist gerade in einem sehr frechen Alter. Wenn deine Mutter die Latte für peinliche Momente nicht so hoch gelegt hätte, dann hätte ich diese Story bestimmt für mich behalten, aber jetzt hast du sie dir verdient. Wir waren im Pool, und weil ich nicht mit der nassen Badehose ins Haus wollte, habe ich mich schnell umgezogen. Ich stand da also, zog die Badehose runter und meine Boxershort an. Pablo musste mich beobachtete haben, denn plötzlich stand er neben mir, zeigte mit dem Finger auf mein bestes Stück und fragte mich, wieso ich so ein altes Pipi habe.«

Ich konnte mich vor Lachen nicht mehr halten. Meine Beine wollten nicht mehr gehen. Ich setzte mich auf den Boden und lachte dort weiter.

»Ein altes Pipi?«

Chris musste selbst lachen, aber nur in abgeschwächter Version zu mir.

»Ja, der kleine Scheißer hat es tatsächlich gewagt mein bestes Stück zu beleidigen. Mein Bruder hat das gehört und hat sich ähnlich verhalten wie du gerade.

Nimmst du mich nach der Story noch mit in den Club?«

Ich machte ein nachdenkliches Gesicht, hielt es aber nur einen kurzen Augenblick lang aus.

»Das muss ich mir noch gut überlegen. Wer will schon ein altes Pipi?«

Chris hielt mir seine Hand hin und ich kam wieder auf die Beine.

»Der war doch nur neidisch, da bin ich mir sicher.«

Wieder musste ich lachen, aber diesmal schaffte ich es dabei weiterzugehen.

»Pablo klingt nach Spaß, den muss ich mal kennenlernen. Luke hat nur ein Kind, oder?«

Er war Chris kleiner Bruder. Sie trennten knapp vier Jahre. Als ich ihn das letzte mal sah, war er selbst noch ein kleiner Junge.

»Ja genau. Er ist verheiratet und sie haben es lange versucht. Pablo ist sozusagen ein Wunder und der ganze Stolz der Familie.«

Die Leuchtreklame an Dave's Bar leuchtete uns schon von weitem entgegen. Es war ungefähr zehn Jahre her, dass ich in dieser Bar war. Früher waren wir jedes Wochenende hier. Ich hatte hier meinen ersten Rausch, hab mich ein paarmal richtig peinlich aufgeführt und meine Eltern mussten mich mehr als einmal hier abholen kommen. Auch wenn es mir ab und an richtig dreckig ging, es war immer eine gute Zeit rückblickend betrachtet. Auch nachdem ich schon in Detroit studierte, kam ich in den Ferien noch oft nach Hause und dann war ich jedes mal hier gewesen.

Chris hielt mir die Tür auf und zwinkerte mir zu. »Hereinspaziert!«
Die Bar hatte sich fast nicht verändert. Neue Hocker waren an der Bar. Sie waren aus dunklem, schweren Holz und hatten eine Rückenlehne. Der Rest sah gleich aus wie vor zehn Jahren, als wäre die Zeit stehen geblieben. Dave stand hinter der Bar und erkannte mich sofort. An ihm merkte man, dass die Zeit leider doch nicht stehen bleiben konnte, denn er war mittlerweile ein reifer Mann mit weissem Haar.
»Die kleine Alex. Wie geht es dir? Komm, ich geb einen aus.«
Wir tranken einen Shot mit Dave, tauschten den üblichen, oberflächlichen Kram aus und danach setzen Chris und ich uns an einen Tisch, der etwas abseits stand.
»Wow, es hat sich so gut wie nichts verändert. Es freut mich, dass es Dave und seiner Familie so gut geht. Das hat er sich verdient. So wie er mit dir redet, warst du in der Zwischenzeit wohl öfter hier.«

Gespielt nachdenklich sah er mich an.

»Das ein oder andere mal würde ich sagen. Wie bist du denn gerade gesessen?«

Ich brauchte einen Moment, um seine Frage zu verstehen.

»Du meinst auf den Hockern?«

Er nickte nur.

»Ganz gut, wieso?«

Chris starrte die Hocker regelrecht an.

»Weil sie von mir sind. Eine meiner ersten Aufträge.«

Leicht boxte ich ihm gegen die Schulter.

»Wieso hast du das nicht gleich gesagt?«

Die Getränke wechselten so oft, dass ich mich an einige davon nicht mehr erinnern konnte. Chris war gut drauf und sorgte immer für Nachschub. Das Gespräch wurde langsam intimer.

»Wie bist du eigentlich ins Heaven gekommen? Du wirst kaum einfach dran vorbeispaziert und reingegangen sein.«

Ich hatte ihm bereits bei unserem ersten Besuch erklärt, dass man immer von jemanden eingeladen werden musste. Ohne Kontakte kam man nicht in den Club, aber ich würde nie über meinen Kontakt sprechen, mit niemanden.

»Jemand hat mich eingeladen und mitgenommen.«

Die Antwort genügte im nicht.

»Das hab ich mir fast gedacht, aber wer? Bestimmt ein Mann.«

Sein Blick durchbohrte mich fast.

»Du hast mich zwar schon ziemlich abgefüllt, trotzdem kann ich Geheimnisse noch für mich behalten. Es war ein Mann, und ich schätze ihn auch heute noch sehr. Wer er ist, wirst du aber nie erfahren. Das ist eine Sache zwischen ihm und mir und sonst niemanden. Die oberste Regel im Club ist Diskretion. Das wüsstest du, wenn du schon öfter dort gewesen wärst. Es ist ein geschützter Bereich.«

Seine Hand fand meinen Schenkel unter dem Tisch.

»Dann lass uns noch einmal hin gehen.«

Seine Hand drückte fest zu.

»Das hatten wir ja sowieso geplant. Vielleicht nächstes Wochenende?«

Chris nahm einen großen Schluck.

»Wieso nicht gleich morgen Abend? Hast du schon was anderes vor? Oder wolltest du alleine hingehen?«

Gleich morgen? Wieso hatte er es denn plötzlich so eilig? Zuerst meldete er sich nicht bei mir und lies mich den ersten Schritt machen und jetzt konnte es ihm nicht schnell genug gehen. Natürlich hatte ich morgen noch nichts vor, aber Sonntag Abende waren mir heilig. Ich bemühte mich diese Stunden frei zu halten um mich genüsslich auf mein Sofa zu kuscheln und Zeit für mich zu haben, bevor die Woche wieder los ging. Noch nie war ich an einem Sonntag im Club gewesen. Ob da überhaupt viel los war?

»Für morgen habe ich noch nichts anderes geplant und ich wollte auch nicht alleine in den Club, obwohl dir das egal sein könnte. Du benimmst dich gerade wie ein Kind, das zum erste Mal Schokolade bekommen hat und davon nicht genug kriegen kann. Aber von mir aus, für mich war das alles ja auch mal neu. Wir fahren morgen gleich nach dem Frühstück zurück in die Stadt und treffen uns dann um 20:00 Uhr vor dem Club.«
Chris salutierte vor mir.
»Jawohl, so machen wir es!«

Cassandra und Sergei

Die Heimfahrt nach Detroit verlief ruhig. Chris fuhr und ich schlief den Großteil über. Meine Eltern freuten sich wirklich über meinen Besuch und wollten mich unbedingt auf ein Datum für eine Wiederholung festnageln. In solchen Momenten war ich immer froh, einen Job zu haben, der unheimlich wichtig und die Termine manchmal unberechenbar waren. So verkaufte ich es zumindest. Chris weckte mich auf, als wir vor meiner Haustür waren und brachte mich und meine Tasche noch nach oben.

»Wow, deine Wohnung ist wirklich schön. Wie kannst du dir das leisten? Das sind doch alles Eigentumswohnungen, oder?«

Ich hatte mit ihm noch nie so genau darüber gesprochen, wie viel ich verdiente. Er wusste, dass es mir nicht gerade schlecht ging, das musste er, alleine weil wir über den Jahresbeitrag im Club gesprochen hatten. Außerdem posaunten meine Eltern überall gerne herum, dass ich erfolgreich war und mit beiden Beinen im Leben stand. Auch die Marken meiner Handtaschen, meiner Uhr, meiner ganzen Outfits waren nicht zu übersehen, aber vielleicht dachte er, das wäre es dann auch schon gewesen. Eine Eigentumswohnung in dieser Lage und der Größe war eine andere Kategorie, und das bemerkte er nun.

»Ja, das sind alles Eigentumswohnungen. Danke, ich fühle mich hier auch wirklich wohl.«

Er sah sich um und fuhr die Arbeitsplatte meiner Küche, mit seiner offenen Handfläche entlang.

»Solche Wohnungen sind nicht billig. Ich wusste ja, dass du nicht gerade am Hungertuch nagst, aber dass du dir als alleinstehende Frau so eine Wohnung leisten kannst ist dann noch einmal ein anderes Kaliber. Für das Geld, das du hier investiert hast, hättest du allerdings bessere Qualität verdient. Das Holz in deiner Küche ist nicht gerade berauschend.«

Ich sah ihn vorwurfsvoll an, weil er meine Küche beleidigte.

»Du kannst mir gerne etwas besseres zaubern, wenn du willst.«

Nachdenklich sah er sich um und studierte die Möglichkeiten. Er war in seinem Element, und ihn so zu sehen gefiel mir.

»Vielleicht überlege ich mir mal etwas und mach dir ein Angebot, das du nicht ablehnen kannst. Jetzt wo ich weiß, dass du reich bist, mach ich mir auch keine Sorgen darüber, dass du dir meine Dienste nicht leisten kannst.«

Ich ging auf ihn zu, bemühte mich ihn verführerisch anzusehen und blieb kurz vor ihm stehen.

»Ich verlange einen Spezialpreis, das ist ja wohl klar.«

Mit einem Finger drückte er mein Kinn leicht nach oben und küsste mich. Es war kein versauter Kuss, aber intensiv. Er schmeckte nach Kaffee. Kurz bevor es vielleicht versaut hätte werden können, zog er sich zurück.

»Das mit dem Spezialpreis musst du dir erst verdienen. Aber du kannst heute Abend damit anfangen.«

Er strahlte übers ganze Gesicht und sah mich herausfordernd an. Ich rollte zwar mit den Augen, aber ein Lächeln konnte ich mir trotzdem nicht verkneifen.

»Du solltest dir erst mal den Eintritt in den Club verdienen mein Lieber, also stell die Tasche bitte aufs Sofa da drüben.«

Er stellte sie ab, verabschiedete sich und als die Tür hinter ihm ins Schloss fiel, fiel ich wie ein Stein auf mein Sofa und schlief wieder ein.

Als ich wieder aufwachte, war es kurz vor 16:00 Uhr. Laura hatte mich in der Zwischenzeit angerufen und eine Nachricht geschrieben, in der sie wissen wollte, wie mein Wochenende war. Ich beschloss ihr eine Nachricht mit den wichtigsten Eckpunkten zu schreiben und ihr in Aussicht zu stellen, morgen bei einem Kaffee alles ausführlich zu berichten. Es dauerte keine Minute und die Antwort war schon da. Schockierte Emojis und ein *UNBEDINGT* verrieten mir, dass meine Kaffeepause morgen wohl länger als üblich dauern würde. Weil mein Kühlschrank leider wie immer leer war, beschloss ich mir eine Pizza zu bestellen, und mich währenddessen in meinen Verschönerungsprozess zu begeben. Ein Abend mit Chris im Club stand bevor, und das bedeutete Nägel schneiden, feilen, lackieren, rundum rasieren, Augenbrauen zupfen und noch eine Menge anderer Sachen. Für solche Vorhaben hatte ich einen gemütlichen Seidenbademantel und in genau diesen schlüpfte ich auch.

Der Pizzabote konnte mir meine Absichten wohl am Outfit und der aufgekratzten Art ansehen. Er begutachtete mich durch den kleinen Türspalt sehr genau und schien nicht ganz bei der Sache zu sein, als ich ihm sein Geld hinhielt. Nachdem ich die Tür geschlossen hatte beobachtete ich ihn kurz durch den Türspion. Er blieb vor meiner Tür stehen, strich sich ein paarmal durchs Haar und atmete tief durch. Bei dem Gedanken daran, heute vielleicht seine versaute Fantasie zu sein, wenn er unter der Dusche stand, fühlte ich mich gut und meine Vorfreude auf den Club wurde immer größer. Dieselbe Wirkung wollte ich heute auf Chris haben, deshalb machte ich sofort mit meinem Programm weiter. Bevor ich schlussendlich meinen Mantel schloss und meine Schuhe anzog, blickte ich in den Spiegel und war zufrieden. Im Heaven würde ich nicht mehr lange brauchen, um mich in meine endgültige Schale zu werfen.

Fünf Minuten früher als vereinbart kam ich zum Eingang. Chris war ebenfalls schon da und wirkte so, als ob er schon eine Weile gewartet hätte. Genau so hatte ich mir die Sache vorgestellt. Als er mich sah, fielen ihm fast die Augen raus und er pfiff mir zu.
»Na hübsche Frau, wo soll es denn hingehen? Vielleicht auf der Suche nach einer Begleitung?«
Dieser Mann schaffte es immer wieder, mich zum Lächeln zu bringen. In seiner Nähe fühlte ich mich wohl und wie ich selbst. Er kannte alle Seiten an mir, ich war vor ihm vollständig ins Licht getreten. Es gab keine Schatten mehr, und trotzdem fühlte es sich toll

an. Eigentlich hatte ich immer gedacht, dass es ohne Schatten in denen man sich verstecken konnte ungemütlich sein würde, aber dem war nicht so. Zumindest nicht bei Chris.

»Hm, da bin ich mir noch unsicher. Meine Mutter hat mir beigebracht, mich nicht mit Fremden einzulassen.«

Er konnte sich ein Schmunzeln nicht verkneifen und kam näher auf mich zu. Langsam öffnete er meinen Mantel und staunte nicht schlecht.

»Ich dachte eher an heiße Unterwäsche, nicht an ein ausgewaschenes Metallica Shirt.«

Wir waren noch nicht im Club, also gab es keinen Grund in Dessous und Stöckelschuhen anzutanzen. In meiner Umkleidekabine warteten all diese Dinge auf mich und noch vieles mehr.

»Also wenn du es dir jetzt anders überlegt hast, kein Problem. Ich werde jetzt auf jeden Fall da rein gehen und Spaß haben, mit oder ohne dich.«

Meine Karte öffnete die Vordertür und ich ging hinein, ohne mich umzusehen, ob er mir folgen würde. Ich war mir sicher, dass er mir hinterherhechelte und diese Chance nie ausschlagen würde und genauso war es auch. Als ich bei der Lifttür stehen blieb, war er nur einen Schritt hinter mir und hielt mir seine Hände an die Hüften.

»Glaubst du etwa, ich lass mir das entgehen? Nie im Leben! Und wenn du drunter einen Kartoffelsack anhättest, mir doch egal, weil ich dich sowieso gleich nackt vor mir hab.«

Seine letzten Worte flüsterte er mir ins Ohr. Dieser Mistkerl hatte es drauf. Ich war die Frau, die alle Karten in der Hand hielt, und trotzdem war ich die Beute. Seine Beute.

Nachdem wir an den Türstehern vorbei waren, gingen wir getrennte Wege. Sergei in seine Umkleide und ich in meine. Ich hatte nicht mehr viel Arbeit, deshalb nahm ich mir für die Schminke extra viel Zeit. Natürlich wechselte ich meine Dessous laufend durch, trotzdem gab es ein Outfit, das ich besonders gerne und oft trug. Eine schwarze Netzcorsage, die auf der Vorderseite geschnürt wurde, mit passendem Tanga und Strapsehalter. Dazu großmaschige, schwarze Strümpfe und offene Plateau Heels. Wenn ich mir diese Kombi anzog, fühlte ich mich unbesiegbar und genauso war es auch heute. Als ich in den Spiegel sah, war ich stolz darauf, ich zu sein. Mein Make-Up war ein Meisterwerk und mein strenger Pferde-schwanz rundete alles perfekt ab. So hätte ich Ana gegenübertreten sollen, nur leider ergab sich die Gelegenheit, so angezogen in die Firma zu kommen nie. In meinen Alltagsklamotten fühlte ich mich zwar nicht unwohl, aber unscheinbar. Wenn ich hier vor dem Spiegel der Umkleide im Heaven stand, fühlte ich mich nie unsichtbar, sondern immer stark und selbstbewusst. So musste sich Clark Kent ohne Brille und in Strumpfhosen fühlen.

Ich konnte es kaum erwarten, meinen Begleiter zu sehen und seine Reaktion auf mich. Vielleicht war ich seine Beute, aber nur weil ich es zu lies und so wollte. Diese Macht zu haben und bewusst abzugeben war einer der Gründe, wieso ich Sex und diesen Club so sehr brauchte. Es war schön zu wissen, dass man begehrt wurde und die meisten Männer hier viel dafür gaben, um einen Abend mit mir zu verbringen. Wenn ich mit jemandem Sex hatte, dann gab ich diese Macht auf. Es gefiel mir schon immer, dominiert zu werden, aber nur in dem Rahmen, den ich absteckte und in dem ich mich wohlfühlte. Nur selten gab es Männer, die ihren Spielraum nicht kannten und versuchten, meine Grenzen zu überschreiten, aber genau das war der Vorteil dieses geschützten Raumes. Sobald eine Frau hier nein sagte, blieb es auch dabei, denn alles andere hätte gegen die Clubregeln verstoßen und wurde sofort hart bestraft.

Sergei wartete bereits vor den Umkleiden auf mich. Er trug eine dunkle Boxershort und ein Netzshirt. Sein trainierter Oberkörper kam darin gut zur Geltung. Wir mussten wie ein abgestimmtes Team aussehen, da wir beide in schwarzes Netz gehüllt waren. Ich nickte ihm anerkennend zu.

»Nicht schlecht.«

Sein Blick wurde ernster. Er sah sich jeden Zentimeter von mir an.

»Das Kompliment kann ich nur zurückgeben. Auf jeden Fall besser als das Metallica Shirt von vorhin. Ich fühl mich heute irgendwie unwohl. Dieses Shirt ist gar nicht mein Fall.«

Seine Unsicherheit sah ich ihm schon von Weitem an. Er zupfte an den Enden des Shirts und sah unzufrieden aus.

»Wieso hast du es dann angezogen?«

Sergei schenkte mir daraufhin sein 1.000 Watt Lächeln.

»Alles für die Ladys.«

Ich stupste ihm gegen die Schulter und rollte mit den Augen.

»Idiot.«

Ich war mir nicht sicher, wohin ich heute mit ihm gehen wollte. Es gab so viele Möglichkeiten und jede hatte ihren eigenen Reiz. Als ich neu hier war, beeindruckte mich am meisten der offene Bereich. Ich war mir sicher, dass es Sergei gleich gehen würde, deshalb nahm ich ihn an der Hand und ging mit ihm den Gang in Richtung der offenen Bereiche.

»Wohin verschleppst du mich heute? Darf ich eigentlich mitreden, oder entscheidest das einfach du?«

Ich würdigte ihn keines Blickes, sondern stöckelte weiter auf mein Ziel zu.

»Vertrau mir, es wird dir gefallen.«

Während ich die Tür öffnete, beobachtete ich Sergei. Es war, als würde man ein außergewöhnliches Geschenk machen und die Reaktion darauf, während dem Auspacken beobachten. Noch bevor wir etwas sehen konnten, hörten wir. Im ganzen Bereich gab es nur gedämpftes Licht und viele Nischen. Teilweise hatten sie Vorhänge, die man zuziehen konnte, aber der Großteil des Raumes war offen gestaltet. Überall standen Betten und Sofas und auf einigen von ihnen ging es bereits zur Sache. Meine Begleitung sah sich interessiert um.

»Das muss der offene Bereich sein«, flüsterte er mir zu.

Ich nickte und nahm ihn an der Hand. Wir gingen einmal durch den ganzen Raum. Mein Begleiter schien leicht überfordert von all den Eindrücken zu sein. Dieses Gefühl kannte ich gut. Am Rand entdeckte ich ein großes Sofa, das etwas abgeschirmt wirkte, weil es dort dunkler war als in der Umgebung. Ich nahm Blickkontakt mit Sergei auf und deutete ihm in die Richtung des Platzes. Er verstand zwar, wirkte aber etwas starr, als er sich in Bewegung setzte. Sein Blick blieb an einem Paar in unserer Nähe hängen. Der Mann lag mit dem Rücken am Bett, während seine Begleiterin ihn ritt wie einen Hengst. Sie musste sich bemühen, die Augen ab und an aufzumachen, und schien den Sex sehr zu genießen. Jedes Mal wenn sie die Augen öffnete und stöhnte, visierte sie Sergei dabei an. Er wurde damit zu einem Teil des Geschehens. Um seine Aufmerksamkeit wieder zu bekommen, musste ich etwas unternehmen.

Die Frau schien ihm zu gefallen, deshalb beschloss ich sie in unser Spiel miteinzubauen. Ich griff nach seiner Wange, zog ihn leicht zu mir und begann damit ihn zu küssen, immer intensiver.

»Sie gefällt dir, also zeig ihr doch, wie du mich fickst und was ihr entgeht.«

Langsam ging ich auf die Knie und sah dabei in die Richtung des Paares. Die Unterarme stütze ich vor mir ab, um meinen Hintern hochstrecken zu können. Sergei wusste sofort, was ich von ihm wollte, und das Spiel schien ihm zu gefallen, denn er kniete sich sofort hinter mich. Die Frau lies meinen Begleiter nicht aus dem Blick und beobachtete ihn ganz genau, während sie ihren Partner immer weiter ritt. Sie sollte nur hinsehen und sich nach seinen Berührungen sehnen, die alle ich bekommen würde.

Als Erstes spürte ich seine Hände an meinem Arsch. Er kniff meine Backen leicht zusammen und rieb sie genüsslich. Sofort bemerkte er meinen hochgebundenen Zopf und zog mich daran zurück. Ich konnte mich nicht dagegen wehren. Ich kniete jetzt verkehrt vor ihm und er griff mit seiner freien Hand nach meinem Gesicht. Mein Kopf drehte sich unweigerlich nach links hinten zu ihm. Seine Zunge war fordernd und stieß fest in meinen Mund. Aus den Augenwinkeln konnte ich sehen, dass seine Augen dabei weit offen und auf das Paar gegenüber von uns gerichtet waren. Immer tiefer küsste er mich und gab mir kaum Zeit, um Luft zu holen. Ich spürte sein Verlangen überall. Sein Körper presste sich immer fester an mich und sein harter Schwanz drückte gegen meinen Rücken, während seine Zunge meinen Mund beherrschte und eine Hand meinen Nippel umspielte. Mit einem festen Ruck schob er meinen Tanga beiseite. Ich konnte es kaum erwarten, ihn in mir aufzunehmen, am liebsten mit einem festen Stoß, aber eine gefühlte Ewigkeit lang geschah nichts. Er küsste und grabschte weiter, während sein Körper immer fester gegen meinen drückte. Mit einer flüssigen Bewegung zog er sich aus meinem Mund zurück und seine Hände zogen mich nach hinten. Ich lag am Rücken und versuchte zu erkennen, was er vor hatte. Mein Partner ging langsam um mich herum, massierte sich selbst und sah mich dabei ganz genau an. Als er fast neben meinem Gesicht angekommen war, blieb er stehen und ging in die Knie.

»Du weißt, dass du jeder Zeit nein sagen kannst, wenn dir etwas nicht gefällt, oder?«

Ich nickte nur, während sich alles in mir vor Vorfreude zusammenzog. Sergei kniete über mich, so dass sein Rücken zu mir sah. Plötzlich hob er meine Beine an und drückte sie auseinander. Er musste jetzt uneingeschränkten Blick auf meine feuchte Mitte haben, weil er meinen Slip bereits beiseitegeschoben hatte. In dieser Position konnte er ungehindert die Frau von gegenüber beobachten und bei all unseren Aktivitäten im Blick behalten. Seine Finger spielten mit mir. Ich wusste jetzt, was er vor hatte und konnte es kaum erwarten die 69 mit ihm gemeinsam umzusetzen. Seine Zunge berührte meine feuchte Öffnung. Schnell öffnete ich meinen Mund weit für ihn und bemühte mich, ihn tief in meiner Kehle aufzunehmen. Mit einer Hand massierte ich seine harten Eier, während er mir sein bestes Stück immer wieder tief in die Kehle stieß. Er schmeckte so verflucht gut. Während er immer wieder tief in meinen Mund fickte, leckte er mich genüsslich. Quälend intensiv und fest drückte er seine Zunge immer wieder in mich, um mich gleich darauf wieder mit seiner zärtlichen Spitze zu umspielen. Die Vorstellung, dass er dabei die ganze Zeit die andere Frau im Auge behielt und sie dabei zu sah, machte mich noch geiler. Er drückte meine Schenkel fest auseinander um meine Mitte für ihn offenzulegen. Seine Größe trieb mir die Tränen in die Augen. Als er mein leichtes Würgen hörte, zog er sich ein wenig aus mir zurück, um mir wieder Luft zum Atmen zu geben. Ich brauchte nur einen Moment. Noch bevor er wieder zustoßen konnte, hob ich selbst meinen Kopf, um seine gesamte Länge in mir aufzunehmen. Er reagierte sofort darauf und nahm seine

Zunge aus mir, um selbst nach Luft zu schnappen. Kurz darauf stellte er sich auf und sorgte damit für eine kurze Pause zwischen uns. Mein Begleiter stieg wieder neben mich und drehte sich zu mir.

»Das kannst du mir nicht antun, ich hab noch so einiges mit dir vor, also ganz ruhig.«
Ich musste lächeln und schleckte mir genüsslich über die Lippen, um seinen Geschmack zu genießen.

Sergei hielt mir seine Hand hin, um mir aufzuhelfen. Vorsichtig kam ich nach oben und bemühte mich, gelassen zu wirken, obwohl mein ganzer Körper vor Verlangen brannte. An einen kühlen Kopf war nicht mehr zu denken. Meine Atmung wollte nicht ruhig werden und meine Pussy pochte mir bis zum Hals. Was machte er nur mit mir? Die Frau die meinen Partner die ganze Zeit beobachtete, stand jetzt ebenfalls und kam auf uns zu. Sie stöckelte an Sergei vorbei und kam direkt zu mir.

»Ich bin Leila, hast du Lust, unseren Männern ein wenig einzuheizen?«
Bevor ich meine Gedanken ordnen konnte, sah ich zu meinem Begleiter, um seine Stimmung einzufangen. Sein Blick war so intensiv und tief, dass er mich fast

durchbohrte. Er war wütend darüber, dass ich überlegte, ihn hier stehen zu lassen aber gleichzeitig
schien ihn die Vorstellung von seiner unbekannten
Freundin gemeinsam mit mir, unendlich scharf zu
machen. Diese beiden Emotionen kämpften gegeneinander an. Vor langer Zeit beschloss ich, Dinge auf
die ich Lust hatte zu tun und nicht zu lange darüber
nachzudenken. Es tat einem immer nur leid, was man
nicht getan hatte, nie was man tat. Mir zumindest
nicht. Ohne abzuwarten, welches Gefühl den Kampf
in ihm gewinnen würde, drehte ich mich zu Leila.

»Gerne, aber dir und deinem Partner ist hoffentlich
klar, dass es keine Unterbrechungen gibt. Für die
Jungs heißt es zusehen, mehr nicht.«
Meine letzten Worte richtete ich an Chris und sein
Blick verfinsterte sich.
»Du hast nur gesagt, dass du mich mit keinen Män-
nern teilst, von Frauen haben wir nie gesprochen, also
entspann dich und genieß die Show.«

Gerade als ich mich umdrehen und mit Leila gehen
wollte, packte Chris mich am Handgelenk und hielt
mich zurück.
»Du willst also mit mir spielen, na schön. Du sollst
nur wissen, dass ich einen Scheiß auf deine Spiel-

regeln gebe, sondern nach meinen eignen Regeln
spiele.«

Sein Verlangen danach, mich auf der Stelle zu
besitzen war so deutlich zu spüren, dass ich beinahe
nachgegeben und bei ihm geblieben wäre, aber ich
konnte nicht mehr zurück. Ich wollte ihm heute
zeigen, wie intensiv man sein Verlangen steigern
konnte. Wenn er jetzt schon dachte, am Ende seiner
Beherrschung zu sein, würde er sich noch wundern
wie weit ich ihn treiben konnte. Dieses Verlangen
brachte einen um den Verstand, es ging mir nicht
anders, aber ich hatte bereits gelernt, diese Gefühle zu
bändigen.

Es war ein ungeschriebenes Gesetz des Clubs, dass
Männer nur dann dazu stoßen durften, wenn sie auch
darum gebeten wurden. Er musste sich also so lange
zurückhalten, bis ich ihm die Erlaubnis dazu gab zur
mir zu kommen, und das würde dauern. Diese Macht
fühlte sich unbezahlbar gut an.

Leila zog an meiner Hand, also riss ich mich von
Sergei los und folgte ihr. Nur wenige Meter entfernt,
war ein großes, dunkles Ledersofa. Offensichtlich
wollte es sich meine Begleiterin dort gemütlich
machen. Wir blieben direkt vor dem Sofa stehen und

begutachteten uns gegenseitig. Sie hatte einen tollen Körper. Ihre Augen waren dunkel und hatten etwas Unanständiges. Ihr Haar war lang und rötlich. Sie trug es offen, in leichten Wellen. Das schwarze Kleid ging ihr gerade so über den Hintern und war an vielen Stellen kunstvoll aufgerissen, wie Laufmaschen in einer Strumpfhose. Ich konnte verstehen, wieso mein Begleiter die Augen nicht von ihr lassen konnte. Sie war eine attraktive und aufregende Frau.

Leila machte den ersten Schritt, indem sie meine Hand nahm und mit mir zum Sofa ging. Nachdem wir saßen und sie mir näher kam, konnte ich die kleinen Falten um ihre Augen erkennen. Sie musste ein paar Jahre älter sein als ich. Vorsichtig griff ich nach ihrem Gesicht um sie küssen zu können. Mein erster Kuss war unschuldig. Leila war mir noch nie zuvor im Club aufgefallen, deshalb wusste ich nicht, ob sie so etwas schon einmal getan hatte. Noch bevor ich wieder die Augen aufmachen und sehen konnte wie sie reagierte, nahm sie mich und zog mich zu sich. Sofort spielte sie mit ihrer Zunge in meinem Mund und mir wurde klar, dass das nicht ihr erstes mal war. Sie genoss es, meinen Mund mit ihrer Zunge zu erforschen. Unser Geknutsche wurde immer intensiver und feuchter. Ich war abgelenkt von unserem Kuss, deshalb bemerkte ich zuerst nicht, dass sie ihre Hand bewegte. Mit einem festen Ruck schob sie meinen Tanga beiseite und schob mir einen Finger in meine feuchte Muschi. Während ihre Zunge weiter um meine spielte, schob sie ihren Finger immer wieder tief in mich. Es war zum verrückt werden. Mit meiner offenen Handfläche kreiste ich um ihre harte Brustwarze und rieb sie damit immer härter. Ihr Busen war fest und groß. Wir stöhnten beide, während unser Kuss immer weiter ging und meine Lippen bereits leicht geschwollen waren. Dieser Start war vielversprechend und ich konnte es kaum erwarten, ihre Lust zu schmecken. Das Verwöhnen einen Frau mit der Zunge war für mich immer eine Kunst gewesen. Nur sehr wenige Männer konnten es und verstanden was sie da unten zu tun hatten mit ihrem Mund, da waren Frauen meist begabter.

Für mich war es der Höhepunkt beim Sex mit einer Frau, sie zu lecken, deshalb löste ich mich aus dem Kuss mit ihr und signalisiere ihr meine Absicht. Sie verstand sofort und legte sich mit dem Rücken aufs Sofa. Ich kniete mich auf das kalte Leder und spreizte ihre Beine. Ihr Tanga klebte an ihr. Gerade als ich den dünnen Stoff beiseiteschieben wollte, spürte ich einen harten Ruck an meinem Hinterkopf. Jemand zog an meinem Zopf und riss dadurch meinen Kopf nach hinten. Es war Sergei, ich erkannte seinen Geruch sofort.

»Ich kann nicht mehr. Mir egal, wie das hier normal üblich ist, aber mir reichts. Ich will dich und zwar sofort. Komm lass uns hier verschwinden und woanders hingehen.«
Leila sah verwundert aber zufrieden aus. Auch ihr Begleiter stand neben ihr und sah aus, als hätte der Anblick von uns neue Lust in ihm entfacht. Sergei steichelte jetzt meine Oberarme und wurde ruhiger. Ich stand vom Sofa auf, verabschiedete mich schnell von Leila und folgte meinem Begleiter. Er kannte sich hier nicht wirklich aus und trotzdem lief er zielstrebig durch den Gang. Die erste Tür gehörte zum Seilraum, ich wusste das natürlich, aber Chris nicht. Viel zu fest riss er sie auf und hielt kurz inne, als er die Seile sah. Sie hingen von der Decke und den Wänden. Einige lagen auch am Boden vor uns. Etwas verunsichert sah er zu mir und als ich ihm ermutigend zunickte, ging er hinein und schloss die Tür hinter uns.
»Wie kann man live einfach nur zusehen? So was schaff ich nicht, das ist nichts für mich. Ich bin eher der aktive Typ.«

Sein Blick wirkte gefährlich, fordernd und gab mir unmissverständlich zu verstehen, dass ich fällig war. Leila und ich hatten ihn gereizt, und zwar so sehr, dass er die Regeln des Clubs missachtete und uns unterbrach, um mich für sich zu haben. Bei jedem anderen Mann in diesem Club hätte ich protestiert und die Security verständigt, aber bei Sergei war das etwas anderes. Ich wollte ihn bis an seine Grenzen reizen und ihm und mir beweisen, dass ich sein Verlangen so weit steigern konnte, dass es ihn in den Wahnsinn treiben würde. Sein Verhalten zeigte mir ganz klar, dass ich diese Macht über ihn hatte, und das gefiel mir. Es gefiel mir sogar mehr, als mich die Tatsache störte, dass er die Regeln missachtet hatte als er Leila und mich störte und mich mit sich nahm.
»Hat dir gefallen, was du gesehen hast?«

Herausfordernd spielte ich mit seiner Lust nach mir. Ich kostete den Moment aus und wollte es von ihm hören.
»Dir gefällt es, so viel Macht über mich zu haben, oder? Hattest du es etwa genau darauf abgezielt, deine kleine Show? Mich in den Wahnsinn zu treiben? Ich bin nicht zu stolz dazu, es zuzugeben, es hat mich verrückt gemacht und ich hätte es keine Sekunde länger ausgehalten. Sie durfte dir zwar etwas

einheizen, aber glaub mir, dir hätte an ihr immer etwa gefehlt. Ich werde es dir jetzt so besorgen, dass du alles, was davor war, sofort vergessen wirst. Wenn du dachtest, nur du kannst hier jemanden um den Verstand bringen, dann warte nur ab, was ich jetzt mit dir machen werde. Du wirst mich anflehen weiterzumachen, und es dir so richtig zu besorgen. Und wenn es soweit ist, sei ja nicht zu stolz, um danach zu betteln, ich sehe es dann sowieso in deinen Augen.«
Diese Herausforderung nahm ich gerne an. Gespielt selbstsicher zog ich mein Kinn etwas hoch und lächelte ihm entgegen.

»Wenn du meinst mich so in der Hand zu haben. Viele Männer vor dir haben schon geglaubt mich um den Finger wickeln zu können, aber glaub mir, am Ende war ich diejenige, die mit ihnen gespielt hat.«
Die Vorstellung daran, wie viele Männer es bereits vor ihm sein mussten, schien ihn anzuheizen. Sein Blick wurde immer intensiver. Sergei griff mit seiner Hand nach meinem Hinterkopf und zog mich etwas unsanft zu sich, um mich zu küssen. Seine Zunge war erbarmungslos und lies mir nur wenig Luft zum Atmen. Mit seiner zweiten Hand griff er fest um meine Taille und zog mich an sich. Er war definitiv

bereit, denn sein harter Ständer drückte fest gegen meinen Bauch.

Die Seile waren zwar im Raum, aber ich wusste nicht, ob und wie wir sie verwenden würden.

Ich war nur selten zuvor in diesem Raum gewesen und wenn, dann nur mit Männern die Erfahrung darin hatten und ihr Handwerk verstanden. Das Gefühl, jemand anderem hilflos ausgeliefert zu sein war aufregend, aber nur wenn der andere auch wusste, was er tat.

Mit beiden Händen griff er um meinen Hintern und hob mich mit einem festen Ruck hoch. Durch seine Bewegung zwang er mich dazu, meine Beine um seine Hüften zu schlingen. In dieser Position ging er mit mir auf die Seile zu, während er mich immer weiter küsste.

»Halt dich fest«, verlangte er von mir in einem Befehlston, den ich nicht von ihm kannte.

Es war sexy ihn so zu erleben. Mit schnellen, gekonnten Handgriffen schlang er eines der Seile um meinen Oberschenkel und knüpfte ein paar Knoten damit, um mir dann das andere Bein ebenfalls festzumachen. Es wirkte so, als wüsste er was er da tat, weil er es ohne groß nachzudenken tat, aber sicher war ich mir nicht. Zwischendurch schaffte er es sogar mich zu küssen, aber für mehr hatte er keine Hand frei und ich war damit beschäftigt mich an seinem Nacken festzuhalten und mich wie ein Äffchen mit meinen Beinen an ihn zu klammern. Die Seile rieben auf meiner Haut, aber es war nicht schmerzhaft. Ich kannte das Gefühl der rauen Seile auf nackter Haut, deshalb wusste ich, was mich erwartete. Sergei schien es zu gefallen, denn seine Hände legte er jetzt wieder fest an meinen Hintern.

»So, fertig verpackt. Dir ist hoffentlich klar, dass du mir jetzt hilflos ausgeliefert bist und ich mit dir machen kann, was auch immer ich will.«

In seinem Blick lag so viel Vorfreude, dass ich einfach nur lächeln konnte wie ein Teenager auf einem Backstreetboys Konzert. Er ging einen Schritt zurück. Die Seile hielten mich in meiner Position, deshalb sackte mein ganzes Gewicht nun in die Seile um meinen Hintern. Es war wie eine Schaukel, in der ich saß, und zwar mit gespreizten Beinen.

»Diesen Anblick werde ich mein Leben lang nicht vergessen. Er wird mir in vielen einsamen Nächten weiterhelfen, wenn ich Stress abbauen muss. Wenn du nur wüsstest, wie heiß du gerade aussiehst, unglaublich.«

Seine Boxershort streifte er hinunter und begann damit seinen harten Schwanz auf und ab zu fahren. Ich war noch angezogen, wohingegen er nackt, bis auf sein Netzshirt vor mir stand und meinen Anblick genoss. Meine Hände waren nicht gefesselt, deshalb beschloss ich, mich selbst zu berühren und anzuheizen. Mit meinen geöffneten Handflächen rieb ich meine Brustwarzen, bis sie hart und meine Brüste fest und bereit für ihn wurden. Ich konnte es nicht erwarten bis er endlich zu mir kommen und mich anfassen würde. Meine Mitte war heiß und pochte schmerzhaft. Alles in mir verzehrte sich nach ihm. Nach seinen Berührungen, seinen Küssen und seinem Schwanz, ganz tief in mir. Sergei fuhr langsam und fest immer wieder auf und ab. Er beobachtete mich dabei ganz genau, jeden Zentimeter von mir. Ich hielt es nicht mehr aus, alles in mir schrie nach ihm, deshalb beschloss ich, ihn anzulocken. Mit meiner linken Hand rieb und knete ich weiter an meinen festen Titten, währen ich mit der rechten Hand hinunter zwischen meine Beine griff und meinen Tanga langsam beiseite schob, um ihm ungehinderte Sicht auf meine intimste Stelle zu geben. Seine Augen funkelten auf und ein leichtes Knurren kam aus seiner Kehle.

Seine Bewegungen wurden immer langsamer, bis er endlich damit aufhörte und auf mich zu kam. Mit beiden Händen umfasste er mein Gesicht und küsste mich so intensiv, dass mir fast schwindelig davon wurde.

»Sag es Cassandra. Sag mir, dass du mich willst und mich brauchst, dass du es keine Sekunde länger ohne mich, tief in dir aushälst. Spring über deinen Schatten und gib zu, wie sehr du mich gerade brauchst und willst. Dann werde ich dir alles geben, du musst es nur sagen.«

Seine Worte flüsterte er mir in mein Ohr, während seine Wange an meiner klebte und sein Atem mein Ohr kitzelte. Jedes Wort blies mir leicht gegen die Haut, weil er so nah neben mir war und alleine diese sanfte Berührung brachte mich um den Verstand. Ich war eine stolze Frau und nicht gewohnt um Sex zu betteln. Außerdem hatte ich ihn herausgefordert weil ich ihm zeigen wollte, dass ich es schaffen würde ihn um den Verstand zu bringen, aber war ich stark genug ihm zu widerstehen. Wozu? Ich wollte ihn mit jeder Faser meines Körpers, also wieso konnte ich es nicht sagen und überlegte noch? Ein Teil von mir wäre gerne stärker gewesen, aber all meine antrainierte Kontrolle über meine Lust schien wirkungslos zu sein. Mich zu weigern es auszusprechen bereitete mir körperliche Schmerzen.

»Fick mich!«

Er grinste selbstgefällig.

»Sag mir, wie sehr du mich brauchst, dann werde ich genau das tun, dich ficken.«

Dieser Mann trieb mich noch in den Wahnsinn. Wie genau wollte er es denn noch hören?

»Verdammt noch mal, ich brauche dich und zwar sofort. Bitte, fick mich endlich!«

Sein Blick wurde ernster und sein Grinsen verblasste. Mit einem Ruck zog er meinen Oberkörper an meinem Zopf nach hinten. Fast verlor ich den Halt, aber mit seiner zweiten Hand griff er um meine Hüfte und zog mich mit einer schnellen Bewegung zu sich. Mit einem Ruck war er tief in mir. Ich musste mich bemühen, tief weiter zu atmen und mich locker zu machen, damit ich seinen Durchmesser auch gut in mir aufnehmen konnte. Seine Hand lies meinen Zopf los, deshalb lehnte ich mich langsam wieder nach vorne um Halt zu bekommen, doch bevor ich mich aufsetzen konnte begann er damit meine Hüften immer wieder vor und zurück zu bewegen. Ich war ihm hilflos ausgeliefert und hatte keine Kontrolle mehr über meine Bewegungen. Immer schneller pumpte er sich in mich und verstärkte seine Stöße dadurch, dass er mich immer wieder vor und zurück schaukelte. Meine Hände konnten sich nicht mehr an den Seilen halten, weil ich keine Kraft mehr hatte. Er schien meine Bemühungen mich festzuhalten zu bemerken, denn mit einer flüssigen Bewegung zog er meinen Oberkörper näher zu sich so dass ich aufrecht sitzen konnte und legte meine Hände um seinen Nacken. In dieser Position war unser Schaukelspiel um einiges leichter für mich, wenn auch weniger intensiv. Sein ganzer Körper war von einem Schweißfilm bedeckt den ich auch durch sein Netzshirt sehen konnte. Ich stellte mir vor wie die Szene für einen Zuseher ausschauen musste. Wie er da stand, nackt bis auf sein Netzshirt, verschwitzt und mich immer wieder auf seinen Schwanz zog und in mich pumpte. Die Vorstellung daran machte mich immer geiler und das Hinauszögern meines Höhepunktes wurde immer schwerer. Mit meiner letzten Kraft hielt ich meinen Oberkörper aufrecht. Während er mein Becken immer wieder vor und zurück schaukelte, küsste ich ihn und konnte den salzigen Geschmack auf seinen Lippen schmecken. An seinen Bewegungen bemerkte ich, dass auch er sich nicht mehr lange zurückhalten konnte. So sehr ich den Moment auch in die Länge ziehen wollte, ich musste endlich los lassen. Ich nahm meine Lippen von seinen und legte meinen Kopf in den Nacken, schloss die Augen und lies es geschehen.

Die Wellen überkamen mich, immer und immer wieder. Kurz bevor ich mich wieder ganz spüren konnte, fühlte ich, wie sein Schwanz in mir zu pulsieren begann und er immer langsamer wurde. Als ich die Augen öffnete, sah ich, wie all die Anspannung von seinem Gesicht verschwand und er langsam wieder seine gewohnten Gesichtszüge bekam. Er wurde wieder zu Chris.

Es fühlte sich so an, als hätte jemand eine schwere Last von mir genommen und ich konnte endlich wieder richtig atmen. Meine Muskeln waren schlaff und tiefenentspannt, gleich wie ich selbst. Nichts hätte mich in diesem Moment aus der Ruhe bringen können, in meinem Kopf herrsche gähnende Leere. Das war das beste Gefühl überhaupt, wie ein Pauseknopf für alle Gedanken.

»Das war ...«, mir fehlten die Worte, um den Satz zu beenden.
»Intensiv«, hechelte er mir zu. Sein Puls war immer noch höher als normal und weit vom Ruhezustand entfernt. Ich nickte nur. Er hatte recht, es war intensiv. Er begann damit die Knoten um meine Hüften und Schenkel zu lösen und mich aus der Schaukel zu befreien. Meine Haut war wund und gerötet an den

Stellen an denen das Seil scheurte. Ich kannte das bereits, aber mein Begleiter schien die Stellen ganz genau zu inspizieren.

»Ist schon in Ordnung, ich wusste, worauf ich mich einlasse. Die Schmerzen sind nicht so schlimm und übermorgen schon wieder ganz weg, also mach dir keine Gedanken.«
Er schien erleichtert und fuhr sich durch sein nasses Haar.
»Woher kennst du dich eigentlich mit Knoten und Seilen aus? Ich dachte, wir würden den Raum ohne das Drumherum nutzen, weil ich mir sicher war, dass du darin keine Erfahrung hast. Und jetzt sag mir ja nicht, dass du das aus Pornos hast und bei mir heute das erste Mal ausprobiert hast.«
Sergei musste schmunzeln und zog seine Boxershort wieder an.

»Du hast mich durchschaut, die Chancen standen 50 zu 50, dass ich dich da wieder rausbekomme und alles hält.«
Ich sah ihn schockiert an. War das sein Ernst? Ich war also sein Versuchskaninchen.
»Jetzt sieh mich nicht so an, als hätte ich dir gerade vorgeschlagen, gemeinsam rituellen Selbstmord zu

begehen, das war natürlich ein Scherz. Ich war beim Militär immer bei den Truppen dabei, die sich abseilen mussten. Es hat mir dann auch in der Freizeit Spaß gemacht zu klettern, deshalb kenn ich mich ein wenig mit Seilen und Knoten aus. Das war also nicht das erste Mal, dass ich so einen Sitz aus Seilen geknotet habe, also keine Panik.«

Mit meiner letzten Kraft boxte ich ihm gegen die Schulter und überdrehte genervt die Augen.
»Du bist ja ein Scherzkeks. Also gut, lass uns hier verschwinden, ich will unter die Dusche und dann ab nach Hause.«
Ohne Widerrede folgte er mir bis vor die Umkleiden.

»Weißt du eigentlich, dass meine Wohnung echt weit weg von hier ist? Vielleicht könnte ich mir die Reise sparen und mit zu dir kommen und bei dir schlafen? Ich muss morgen schon früh in die Werkstatt, deshalb wirst du mich gar nicht bemerken.«
Die letzten Worte kamen nicht mehr bei mir an. Ich konnte ihn auch nicht mehr sehen, denn hinter ihm kam jemand auf uns zu, der meine ganze Aufmerksamkeit auf sich zog, Laurence. Anscheinend war er gerne sonntags hier, deshalb hatte ich ihn bisher nur selten hier getroffen. Mein Partner schien meine

Unaufmerksamkeit zu bemerken und drehte sich um, damit er sehen konnte, was mich so ablenkte.

»Hi La..., Harry meine ich.«
Beinahe hätte ich seinen Clubnamen vergessen und ihn bei seinem richtigen Namen angesprochen. Nicht, dass die meisten Gäste hier nicht wussten, wer Laurence war, sein Gesicht war zu oft in der Zeitung, trotzdem wäre es ein schlimmer Fehler gewesen ihn mit seinem richtigen Namen anzusprechen. Sergei wusste offensichtlich nicht wer er war, denn er sah fragend zu mir.
»Guten Abend Cassandra, ich habe schon gehört, dass du heute hier bist und zwar in Begleitung. Dann must du wohl Sergei sein, der Mann der heute hier im Club die Regeln gebrochen und damit für Aufsehen gesorgt hat.«

Mist, er wusste über unseren Regelbruch von heute schon bescheid. Wieso ging das bei ihm immer so schnell? Er war ein Gründungsmitglied, aber hatte er ein Headset eingebaut, das ihm jederzeit über alles informierte? Sogar während er selbst hier und beschäftigt war?
»Ich glaube nicht, dass Cassandra mein Verhalten heute gestört hat. Außerdem war das etwas Einmali-

ges, wir wissen jetzt, dass ich eher der aktive Partner bin, deshalb wird so was auch nicht mehr vorkommen, oder?«

Er sah mich fordernd an.

»Ja, das stimmt. Ich habe ihm die Regeln auch nicht ausreichend erklärt, deshalb war das meine Schuld. Wenn du also jemanden abmahnen willst, dann mich.«

Laurence stand selbsticher vor uns, die Hände verschränkt und sein Gesichtsausdruck war uneinschätzbar. Von einem Moment auf den anderen hatte er ein breites Lächeln im Gesicht, beinahe unnatürlich glücklich sah er aus.

»Ach Cassandra, als ob ich dich je abmahnen könnte. Du weißt doch, dass ich es war der dich hier hergebracht hat und ich mich immer für dich verantwortlich fühlen werde.«

Während er sprach legte er seine Hand an die Schulter von Sergei, so als wären sie Freunde oder gute Bekannte. Um meinen Begleiter vor dieser unangenehmen Situation zu retten ging ich auf ihn zu und zog ihn leicht zu mir um ihn aus der Reichweite von Laurence zu bekommen. Was hatte er nur vor? Wollte er ihn etwa eifersüchtig machen?

»Sehen wir uns morgen?«, fragte Laurence.

Ich wusste, dass Sergei der Kontext fehlte. Er musste denken, dass er mich morgen hier treffen wollte. Das bezweckte er auch mit seiner Frage und das war unfair, weil ich Sergei nicht verraten konnte, wer Laurence alias Harry wirklich war.

»Natürlich, dann bis morgen Harry.«

Laurence nickte meinem Freund zu und verschwand in der Umkleide. Das war mal ein Auftritt. Mein Begleiter sah sichtlich verwirrt, aber auch etwas ernüchtert aus. Die Stimmung war auf einmal anders, kühler und oberflächlicher.

»Ich glaube, ich werde die Reise doch auf mich nehmen und nach Hause fahren. Es geht mich nichts an, was zwischen dir und diesem alten Sack vor sich geht, du bist mir keine Rechenschaft schuldig, also bitte versuch es mir nicht zu erklären. Wir haben Spaß miteinander und mehr nicht. Ich weiß, was unsere Vereinbarung ist und glaub mir, mehr habe ich mit einer Frau wie dir auch nicht geplant.«

Die letzten Worte trafen mich wie ein fester Schlag, mitten ins Gesicht. Mit einer Frau wie dir. Was für eine Art Frau war ich denn in seinen Augen? Es fühlte sich jedenfalls nicht wie ein Kompliment an. Ich war zu verletzt, um mit ihm darüber reden zu wollen.

»Na gut, wie du meinst. Dann komm gut nach Hause und wir hören uns.«

Die Stimmung war schrecklich, als er sich umdrehte und verschwand. Hinter Jon Snows Mauer konnte es nicht eisiger sein.

Hokus, Pokus, Fick dich Modus

Chris war einfach gegangen und hatte sich danach auch nicht mehr bei mir gemeldet. Es war Montag Mittag und ich konnte es kaum erwarten, bis es finster und die Büros leer wurden. Meine Zurückhaltung grenzte an Übermenschlichkeit, aber ich musste mich noch gedulden, bis ich das Büro meines Geschäftsführers stürmen konnte. Was hatte er sich nur dabei gedacht, mich so vorzuführen, wo er doch wusste, dass ich Chris nicht erklären konnte, wie unsere Beziehung tatsächlich war. Heute Abend konnte ich ihm endlich die Meinung sagen, und zwar indem ich ihn als Laurence, das Arschloch das er war anreden durfte, und nicht als Harry, der unbekannte, schräge Vogel.

Der Tag schien einfach nicht enden zu wollen, aber egal wie lang es sich auch anfühlte bis dahin, der Sonnenuntergang kam und die Büros leerten sich. Ich bemühte mich, mir nicht zu viele Gedanken darüber zu machen, was genau ich Laurence sagen wollte.

Mein Plan war es, meine ganze Wut ungebändigt an ihm auszulassen.

Endlich waren alle gegangen und mein Weg frei. Niemand würde uns hören oder bemerken, dass ich in seinem Büro war. Selbstsicher lief ich durch den Gang und stapfte dabei etwas fester auf als normal. Ich versuchte, mich in Schwung zu bringen, wie ein Boxkämpfer beim Einzug. Vor seiner Bürotür angekommen überlegte ich kurz, ob ich überhaupt klopfen sollte, aber trotz meiner Wut, gab es gewisse Gepflogenheiten, an die man sich halten musste, also klopfte ich, fest. Es dauerte eine Weile, ich war kurz davor die Tür aufzureißen und nachzusehen, wieso ich keine Antwort bekam, als ein lautes *Herrein* aus dem Büro kam. Laurence saß ganz entspannt in seinem Bürostuhl und lächelte mir entgegen. Ich war mir sicher, dass er mich nur warten lassen wollte und nicht zu beschäftigt war, um sofort auf mein Klopfen zu reagieren. Er wusste, wie er andere reizen konnte, das waren die Spielchen die er den ganzen Tag spielte. Psychokram mit dem ich nichts zutun haben wollte.

»Guten Abend Alex, also sehen wir uns heute tatsächlich noch, schöne Überraschung. Was führt dich zu mir?«

Er wusste es, wieder einmal. Er wusste ganz genau, wieso ich hier war und was ich mit ihm zu besprechen hatte, aber er stellte sich mit Absicht dumm und unschuldig. Seine Bedenken über meine Freundschaft plus hatte er mir schon mitgeteilt, aber dass er so weit gehen würde wie gestern hätte ich ihm nicht zugetraut. Mein Boss schien noch nichts davon zu wissen, dass Chris nun gutes Geld mit seiner Arbeit machte, indem er selbst Möbel designte und herstellte. Das Thema Geld war somit endgültig vom Tisch und ob unsere Freundschaft plus nun funktionieren würde oder nicht, das war nicht seine Sache. Auch bei diesem Thema hatte er mir seine Sicht der Dinge ausreichend erklärt. Der gestrige Auftritt war schlichtweg unnötig und unmöglich von ihm.

»Was hast du dir dabei gedacht? Wieso hast du dich gestern so aufgespielt im Club? Du hattest kein Recht dazu mich absichtlich so bloszustellen.«
Sein Lächeln verschwand so schnell, dass es mich beinahe ängstigte. Sein Blick wurde unfreundlich und wirkte finster. Beinahe hätte ich Angst vor ihm bekommen.

»Was dachtest du würde passieren, wenn ich davon erfahre, dass dein kleiner Freund, der anscheinend mehr als nur eine Bekanntschaft vom Club ist, gegen unsere Regeln verstößt? Dachtest du, ich würde das gut finden? Dieser Typ bedeutet Ärger und tut dir nicht gut. Ich weiß von seiner finanziellen Situation, und dass er bald keine Geldprobleme mehr haben wird, aber der Kerl ist trotzdem nicht gut für dich, glaub mir. Wie hat er gestern reagiert? Ihr spielt ja mit offenen Karten und wisst, dass jeder für sich Spaß haben kann. Du gehst auch weiterhin alleine in den Club, nimmst dir was auch immer du willst. Also sag mir, war es für ihn in Ordnung, dass wir uns heute treffen? Oder sieht er dich als Schlampe, obwohl er dich selbst, genau wie eine behandelt? Ich bin mir sicher, dass er nicht sieht, was für eine starke Frau du bist, sondern dir deine Stärke als Schwäche auslegt und genau das ist es, was ich nicht vertrage an diesem Typen. Er ist wie all die anderen Männer die hier herumlaufen und Frauen für ihre Lust als Huren beschimpfen, sich selbst aber alles rausnehmen. Und gerade dieser Kerl soll auch noch dein Freund sein? Bitte überleg es dir noch einmal. Lass ihn auf die schwarze Liste setzen und genieß den Club wieder alleine mit Menschen, die dich und deine Einstellung zu schätzen wissen und dich nicht dafür verurteilen wie dieser Kleingeist es tut. Dafür habe ich den Club nicht gegründet.«

Das war also seine Absicht gestern, mir zu versuchen zu zeigen wie Chris mich wirklich sah. Er hatte mich nicht als Hure oder Schlampe bezeichnet, nur als eine *Frau wie du*, was auch immer das bedeuten sollte. Nichts Gutes, da war ich mir sicher. Hatte Laurence recht und ich hatte mir bis jetzt etwas vorgemacht, was Chris betraf? Vielleicht war er Michael ähnlicher, als ich bisher dachte. Er genoss es zwar im Gegenteil zu Michael, wenn ich all diese Dinge mit ihm tat, aber sobald ich meine Fantasien ohne ihn auslebte, und zwar in vollen Zügen, sah er das anscheinend nicht mehr positiv. Dann wurde es zu etwas Billigem und er stempelte mich als eine Frau ab, mit der er nicht mehr, als die eine Sache zu tun haben wollte. Egal wie ich darüber jetzt dachte, Laurence hatte nicht das Recht dazu, sich gestern so aufzuspielen im Club, und mich in diese Situation zu bringen, weil er genau wusste, dass ich Chris nicht die Hintergründe erklären konnte.

»Ich kann deine Gedankengänge bis zu einem gewissen Grad sogar verstehen, trotzdem hattest du nicht das Recht dich gestern so aufzuführen und mich in diese Lage zu bringen. Ich stand mit dem Rücken zur Wand und genau darauf hattest du es auch abgezielt. Also ganz egal wie Chris reagiert hat oder was du mir damit auch zeigen wolltest, die Art wie du es getan hast, war beschissen. Der Zweck heiligt nicht immer die Mittel, deshalb möchte ich, dass du dich ab sofort aus meinen Angelegenheiten raushältst. Ich bin eine erwachsene Frau und du bist nicht mein Vater. Ich denke, mehr habe ich dir nicht zu sagen.«

Ohne seine Reaktion auf meine Worte abzuwarten oder ihm Gelegenheit für eine Antwort zu geben, drehte ich mich um und verließ sein Büro, den Gang und das Gebäude.

Zu Hause angekommen, fühlte ich mich gut. Ich hatte ihm meine Meinung direkt gesagt und eine Grenze gezogen, die längst überfällig war. Leider endete mein emotionales Hoch, als ich die Kühlschranktür öffnete und nichts außer einer halbvollen, vermutlich abgelaufenen Packung Milch darin fand. Der Weg zu meinem Essen musste also übers Telefon erfolgen und nicht wie bei anderen Menschen über den eigenen Herd. Ich tippte, die mir bereits gut bekannte Nummer und bestellte mir eine große Margherita mit extra Käse. Eine halbe Stunde später klingelte es an meiner Tür. Voller Vorfreude öffnete ich und erkannte den Zusteller sofort.

»Guten Abend hübsche Frau, ihre Pizza ist da.«
Er hatte bereits das letzte mal mit mir geflirtet und er war wirklich süß. Ich öffnete meine Geldtasche und wollte gerade zahlen, als er mir den Karton entgegenstreckte und mir signalisierte, dass er kein Geld von mir wollte.
»Die Pizza geht auf mich. Meine Nummer hab ich auf den Karton geschrieben und meinen Namen auch. Ich bin Nick und würde mich freuen, wenn du mich mal anrufst.«
Selbstsicher zwinkerte er mir zu und ging wieder. Ich war mir sicher, dass er diese Nummer nicht das erste Mal durchgezogen hatte. Nachdem er so selbstsicher dabei war, musste es bestimmt schon ein paar mal geklappt haben. Mein Mund öffnete sich erst, als er mir schon den Rücken zudrehte, deshalb konnte ich mich nicht einmal dafür bedanken. Etwas verwirrt aber glücklich schloss ich die Tür hinter mir und sah mir den Karton an. In Großbuchstaben stand NICK drauf und eine Nummer, daneben hatte er ein Telefon und zwei Gläser gezeichnet. Weingläser vermutete ich. Es war eine nette Geste und genau das, was ich gerade brauchte, eine Aufmunterung. Ich würde ihn

vermutlich nie anrufen und seine Nummer mit dem Karton entsorgen. Trotzdem war es schön zu wissen, dass ich es auch außerhalb des Clubs drauf hatte und es Männer gab, die sich um mich bemühten.

Es war Donnerstag Mittag und Ana hatte ein Meeting angesetzt. Ich hatte keine Zeit mir genau anzusehen, worum es ging. Der Betreff ihrer Einladung war *Abstimmung*, was so gut wie alles bedeuten konnte. Kurz vor dem Besprechungsraum kam mir Laura entgegen und winkte mich zu sich.
»Hi Alex, bist du etwa auch bei dem geheimen Termin von Ana dabei? Es scheint eine große Runde zu sein, der Raum ist schon fast voll.«
Was wollte sie nur von so vielen Mitarbeitern gleichzeitig?
»Leider ja. Komm, da hinten sind noch zwei Plätze.«
Ana stand vorne und begrüßte die wichtigen Mitarbeiter persönlich und außerordentlich freundlich. Jake starrte sie von der ersten Reihe aus fasziniert an. Ihre Haare hatte sie zu einer Fran Fine Hommage Frisur toupiert und schockierenderweise sah es an ihr gar nicht mal so schlecht aus. Nachdem sich alle hingesetzt hatten, begann die Show. Ana begrüßte uns alle ganz herzlich und bedankte sich für unsere Zeit.

»Heute geht es um eine top secret Angelegenheit. Unser Vorstand wird nächstes Monat 65 und deshalb möchte ich eine Überraschungsfeier für ihn organisieren. Nachdem ich ihn bereits etwas kennenlernen durfte, weiß ich, was ihm wichtig ist und übernehme die gesamte Organisation. Allerdings kann ich natürlich nicht alles alleine machen, deshalb werde ich auf den ein oder anderen zukommen und Unterstützung benötigen. Außerdem werde ich die Auswahl seines Geschenks übernehmen und das Geld dafür einsammeln. Wie wir alle wissen, golft Mr. Vendelin für sein Leben gern und deshalb werden wir ihm einen signierten Designerschläger schenken. Zur Feier sind natürlich eure Partner herzlich willkommen, also nehmt eure Liebsten bitte mit. Mr. Vendelin freut sich immer, uns auch etwas privater kennenzulernen. Danke, dass ich auf eure Unterstützung zählen kann. Das Wichtigste ist allerdings, dass alles hier in diesem Raum bleibt, damit es eine Überraschung bleibt.« Ana legte ihren Zeigefinger auf die Lippen und formte ein *PSCHT* damit. Aber nicht wie das vielleicht normale Menschen tun würden, wenn die das überhaupt machen würden, nein, eher wie Marilyn Monroe es getan hätte. Es hatte etwas Laszives an sich und ich schämte mich für sie. Wie konnte man sich nur so billig verkaufen, und das auch noch mitten in der Arbeit. Sie war eine wandelnde Katastrophe für jede Frauenbewegung.

Wieso sah Chris mich so? Für ihn war ich anscheinend genau diese Art von Frau. Ich schüttelte den Gedanken sofort wieder ab und beschloss, mich auf Laura zu konzentrieren.

»Wenn Ana nur wüsste, dass Mr. Vendelin Golf eigentlich hasst.«

Laura sah mich mit großen Augen an.

»Woher weißt du das?«

Mist, woher konnte ich das wissen? Laurence hatte es mir bei unserer ersten Fahrt in den Club erzählt. Er hasste es, seine Vormittage regelmäßig am Golfplatz verbringen zu müssen, aber es war sein zweites Büro erklärte er mir. Dort konnte man sogar noch besser Geschäfte machen als hinter dem Schreibtisch. Nur woher konnte ich das wissen, ohne ihn je persönlich getroffen zu haben?

»Das hat er mir auf einer Weihnachtsfeier erzählt, es war ganz beiläufig aber ich erinnere mich noch daran, weil es das einzige Gespräch war, das ich mit ihm unter vier Augen hatte.«

Laura studierte meinen Gesichtsausdruck aber nickte dann und schien mir zu glauben. Alle verabschiedeten sich von Ana und gratulierten ihr zu der tollen Idee.

Selbstverliebt bedankte sie sich bei allen und strahlte wie die Sonne höchstpersönlich. Leider hatte ich keine andere Wahl als ihr ebenfalls die Hand zu schütteln und ihr zu sagen, dass es eine gute Idee war und ich natürlich etwas dazu beitragen würde. Laura machte es sich leicht und nickte nur zustimmend und verstärkend hinter mir ohne selbst auch nur ein einziges Wort sagen zu müssen. Wieso konnte es nicht umgekehrt laufen?

»Siehst du Alex? An so etwas denken Mitarbeiter, die es irgendwann bis ganz nach oben schaffen werden. Mr. Vendelin schätzt Engagement sehr, deshalb wird er sich an so etwas erinnern, wenn es um die Besetzung einer höheren, ihm näheren Position geht.«
Wieso dachte Ana eigentlich immer, dass ich sie um Nachhilfeunterricht gebeten hatte? In keiner Lebenslage wollte ich einen Ratschlag von ihr, wieso bekam ich also laufend welche?
»Danke Ana, wir müssen jetzt leider weiter. Meld dich, wenn du was brauchst.«
Wieder nickte Laura zustimmend und lief mir sofort hinterher, raus aus dem Besprechungszimmer und weit weg von Ana.
»Oh mein Gott, die Frau ist so von sich selbst überzeugt. Ich würde sagen, das schreit danach morgen

wieder mal den TigersClub unsicher zu machen, was haltest du davon? Wir waren schon ewig nicht mehr dort.«

Laura hatte recht, wir waren schon ein paar Wochen nicht mehr gemeinsam unterwegs, was in unserer Zeitrechnung tatsächlich eine Ewigkeit war. Und nachdem sich Chris nicht mehr bei mir gemeldet hatte und ich Streit mit Laurence hatte und deshalb auch das Heaven meiden wollte, war der TigersClub eine willkommene Ablenkung für mich und mein trostloses Leben.
»Du sprichst mir aus der Seele, abgemacht. Sagen wir 20:00 Uhr vor dem Club?«
Sie streckte mir die Hand entgegen und ich klatschte ab, somit war unser Date besiegelt. Endlich hatte ich etwas Positives, worauf ich mich freuen konnte und keine hässlichen Gedanken, die mir den Kopf vernebelten.

Die Funkstille zwischen Chris und mir machte mir mehr zu schaffen, als ich zugeben wollte. Es war ein Zeichen dafür, dass er mit meinem wirklichen Ich nicht klarkam. Freundschaft sah anders aus, somit war mein Projekt Freundschaft plus wohl gescheitert aber noch nicht offiziell. Sicher konnte ich mir erst nach einer Aussprache sein, aber ich hatte Angst davor von Chris genau zu hören, was er über mich dachte. Er war einer der wenigen Menschen, dessen Meinung mir wichtig war und die ich mir zu Herzen nahm.

Am nächsten Tag, kam mir sogar das altbekannte Ana Meeting kürzer vor als sonst. Ich bemühte mich, alles so schnell wie möglich zu erledigen, damit der Abend schneller beginnen konnte. Laura schien den gleichen Plan zu haben, denn jedes mal, wenn sie mir über den Weg lief, war sie zwar sehr beschäftigt, hatte aber immer ein Lächeln im Gesicht und zwinkerte mir verschwörerisch zu. Der Bürotag lief an mir vorbei, wie eine uninteressante Doku. Ich hatte die Augen zwar offen, hatte aber nur wenig tatsächlich mitbekommen.

Nachdem wir heute wieder privat unterwegs waren beschloss ich, mein Outfit auch danach anzupassen. Daheim angekommen stieg ich sofort unter die Dusche und genoss das warme Wasser auf meiner Haut. Als ich danach vor meinem Kleiderkasten stand wusste ich sofort, was ich heute anziehen wollte. Meinen kurzen schwarzen Lederminirock mit den hohen Stiefeln und dazu mein neues, leicht transparentes Top. Darunter trug ich meinen schwarzen

Spitzen BH, der über der Brust drei lederne Riemen hatte, die man durch das Top sehen konnte. Ich fühlte mich fast so sexy wie im Heaven, als ich meine Wohnung verlies. Heute wollte ich mich gut fühlen, vieles vergessen und eine aufregende Zeit haben. Laura stand bereits an unserem altbekannten Treffpunkt als ich ankam.

»Wow, Alex du siehst heiß aus!«
Anerkennend nickte sie mir zu und bewunderte mein Outfit. Das war genau die Reaktion, die ich auslösen wollte.
»Danke, aber du siehst auch nicht schlecht aus.«
Gemeinsam stöckelten wir zum Eingang und liefen an der Schlange vorbei. An der Tür stand Marc, der uns sofort begrüßte und hinein begleitete.
»Freut mich euch zu sehen. Ihr wart ja eine Ewigkeit nicht mehr hier.«
Laura und ich sahen uns an und mussten wie kleine Schulmädchen kichern. Genau dasselbe hatten wir auch festgestellt. Ein paar Wochen konnten sich wie eine Ewigkeit anfühlen.

Ich hatte vor, mich so richtig gehen zu lassen. Mit so vielen Männern wie möglich zu tanzen, flirten, knutschen und mich einfach nur gut zu fühlen. Marc hatte seitdem wir in den Club kamen seine Hand an meinem Körper. Entweder auf meinem Rücken wenn er neben mir ging, oder an meiner Hüfte, wenn wir kurz stehen blieben. An jedem anderen Tag hätte ich ihn in die Schranken gewiesen und mir meinen Freiraum eingefordert, aber heute wollte ich es nicht anders. Ich sah ihn heute auch etwas tiefer in die Augen als normal und Marc reagierte sofort darauf.

An meiner Grundhaltung hatte sich nichts geändert, ich würde nie mit jemandem außerhalb des Clubs Sex haben, aber ein paar Flirts, Küsse und vielleicht sogar Trockenficks konnten nicht schaden. Laura bemerkte mein verändertes Verhalten und fragte mich mehrmals, ob alles in Ordnung sei bei mir.
Natürlich war alles in Ordnung, alles war sogar in bester Ordnung. Leider konnte ich mit niemandem darüber reden, was vielleicht nicht so ganz in Ordnung war, da gab es überraschenderweise leider auch ein paar Punkte in meinem Leben. Aber für heute Abend war alles in perfekter Ordnung, picobello sozusagen.

Die Musik ging mir direkt in die Hüften und ich musste mich bewegen. Marc wurde am Eingang gebraucht, versicherte mir aber jederzeit für mich da zu sein, wenn ich ihn brauchen würde. Heute Nacht würde ich keinen Aufpasser brauchen, aber das wusste ja niemand. Laura und ich tanzten all die Anspannung raus und genossen die laute Musik. Es brauchte keine fünf Minuten und wir waren schon nicht mehr alleine auf der Tanzfläche.

Hinter meiner Kollegin stand ein dunkelhäutiger Typ, der mit ihr gemeinsam seine Hüften im Takt schwang. Es schien ihr zu gefallen, denn sie wippte mit ihrem Hintern immer weiter zu ihm und ließ seine Hände an ihren Hüften liegen. Vor mir stand ein haarloser Muskelprotz im Hemd. Er sah gut aus und hatte ein verführerisches Lächeln. Was er wollte konnte er nicht verschleiern, sein Blick sagte mehr als tausend Worte. Auch wenn ich nicht vor hatte ihm zu geben was er wollte, konnte ich ihm doch eine kleine Kost-probe geben.

Ich legte meine Hände um seinen Nacken und kam ihm immer näher, während ich ihn nicht aus den Augen lies. Er wurde immer selbstsicherer, deshalb legte er mir seine Hände an den Hintern. Sein Griff war fest und es gefiel mir. Wenn ich diese Regel für mich nie aufgestellt hätte, dann wäre dieser Kerl genau mein Typ für einen One-Night-Stand gewesen.

Selbstsicher, gepflegt und absolut heiß. Die Stimmung wurde immer aufgeladener zwischen uns. Laura knutschte seit gefühlt zehn Songs mit ihrem Tanzpartner, deshalb konnte ich ihr kein Zeichen geben, um gemeinsam auf die Toilette zu verschwinden. Ich wollte sie nicht stören, musste aber nach all den Drinks dringend wohin, deshalb versprach ich meinem attraktiven Muskelprotz gleich wieder da zu sein und bat ihn, uns inzwischen ein paar Drinks zu holen. Schon von weitem konnte ich die Schlange vor der Damentoilette sehen, aber bevor ich dort ankam, rempelte mich jemand von hinten an. Ich drehte mich um und der Schock war groß. Es war mein Ex-Freund und Ex-Kollege Michael. Die Rempelaktion war kein Zufall, er sah mich starr an und wusste definitiv was er gerade getan hatte.

»Immer noch dieselbe kleine Schlampe. Lässt dich von jedem Kerl hier drinnen ausgreifen und ausnutzen, du bist Abschaum. Und wegen so einer Frau wie dir musste ich die Firma verlassen, das ist lächerlich. Wenn nur alle wüssten was für ein billiges Stück Fleisch du bist, dann hätten sie dich gefeuert und durch den Dreck gezogen und nicht mein Leben zerstört. Ist dir eigentlich klar, was du mir angetan hast?«

Ich war wie in einer Schockstarre gefangen. Michael redete immer weiter auf mich ein und wurde immer lauter und aggressiver dabei. Das war zu viel für mich, Michael wiederzusehen und dann seine Vorwürfe und schon wieder *eine Frau wie du* vorgehalten zu bekommen. Michael kam immer näher auf mich zu und hielt mich an meinen Schultern fest.

Ich war unfähig mich zu bewegen, oder etwas zu sagen, das war alles zu viel auf einmal für mich. Plötzlich spürte ich, wie Michael's Hände von meinen Schulter gerissen wurden und konnte Marc erkennen. Er hatte Michael mit nur wenigen Griffen außer Gefecht gesetzt und schrie auf ihn ein, während er ihn gewaltsam zum Ausgang brachte. Michael hatte keine Chance. Es ging alles so schnell, dass ich es gar nicht richtig warnehmen konnte. Wie versteinert blieb ich stehen und versuchte langsam wieder ins Hier und Jetzt zurückzukommen.

Mein haarloser Muskelprotz stand auf einmal neben mir und fragte mich, ob es mir gut ging. Noch bevor ich ihm antworten konnte war Marc wieder bei mir, nahm mich ihn den Arm und ließ meinen Tanzpartner wissen, dass er sich ab jetzt um mich kümmern würde und er sich nun verpissen sollte. Marc konnte furcht-

einflößend sein und für einen Kampf um mich kannten Meister Proper und ich uns definitiv zu kurz, deshalb verschwand er ohne Widerrede.

»Alex, geht es dir gut? Kanntest du den Typ, der dich
angegriffen hat?«
Ich nickte nur.
»Okay, wenn du ihn kennst, dann weißt du auch,
wieso er es auf dich abgesehen hatte?«
Ich nickte wieder.
»Er ist mein Ex-Freund und ich bin eine Schlampe.«
Das war wohl die kürzeste Kurzfassung der Welt.
Marc sah mich verständnislos an und nahm mich
wieder in den Arm.
»Was redest du da für einen Blödsinn? Ich glaub du
musst dich jetzt mal beruhigen. Komm, ich bring dich
nach hinten ins Büro, da steht ein Sofa, auf dem du
dich ausruhen und sammeln kannst. Ich bleib bei dir,
keine Angst.«

Marc nahm meine Hand. Gerade als ich zum ersten
Schritt ansetzte spürte ich etwas an meiner Schulter.
Ich hatte keine Lust mehr auf Überraschungen, des-
halb atmete ich tief durch, bevor ich mich umdrehte.
Das war auch gut so, denn vor mir stand jetzt Chris.

Er kam von den Toiletten, deshalb durfte er das kleine Spektakel mit Michael wohl verpasst haben.

»Hi Alex, wie ich sehe hast du einen spannenden Abend. Vor fünf Minuten habe ich dich noch mit Meister Proper auf der Tanzfläche gesehen und jetzt verschwindest du mit Marc, dem freundlichen Türsteher, der dir immer nur helfen und nie an die Wäsche möchte. Da blieb wohl keine Zeit, um dich mal bei mir zu melden.«

Es fühlte sich an wie ein brodelnder Vulkan tief in mir drinnen. Es reichte, das Fass war voll. Wie viel sollte ich noch ertragen müssen? Einen Chef, der gleichzeitig mein Hobby-Dad war und mich in meinem geschützten Umfeld bloßstellte. Einen Freund, mit dem ich mir ein Plus aufbauen wollte, der mir aber bei der ersten Gelegenheit ein Minus verpasst hatte, und dann auch noch einen Ex-Freund, der mich als Schlampe beschimpfte und handgreiflich wurde. Das war zu viel. Anstatt wie bei Michael in eine Schockstarre zu verfallen beschloss jede Faser meines Körpers jetzt auf Angriff zu gehen und mich endlich zu verteidigen. Ich musste für mich einstehen, auch wenn es nicht der richtige Zeitpunkt war und Marc mithören konnte.

»Was ist eigentlich dein Problem Chris? Hattest du es noch nie mit einer starken Frau zu tun, die wusste, was sie will und es sich genommen hat, wenn sie Lust darauf hatte? Ich bin keine Hausfrau, die hinterm Herd auf ihren Mann wartet, sich nachts wie ein Brett hinlegt, ihn leidenschaftslos tun lässt und froh ist, wenn sie am Morgen danach Geld zum shoppen von ihm bekommt. Vielleicht hatte Katy recht damit, sich einen Lover zu suchen und ihren engstirnigen Mann zu betrügen. Du bist zu schwach für eine Frau mit Klasse, die ihr eigenes Geld verdient, mitten im Leben steht und sich nimmt was sie will, ohne sich dafür zu schämen. Dieses Recht gebührt nicht nur euch Männern. Und all das macht mich nicht zu einer Schlampe sondern einer starken Frau du Mistkerl.«

Ich legte all meinen Hass in meinen Blick, bevor ich weiter sprach.

»Niemand hat das Recht, mich so zu behandeln wie du es getan hast. Du hast den aufregenden Sex mit mir genossen und danach versucht, dass ich mich dafür schlecht fühle. Du bist das allerletzte Chris. Gesell dich doch zu meinem Ex, den hat Marc gerade rausgeschmissen, ihr habt dieselbe Meinung von mir und bestimmt noch viele andere Gemeinsamkeiten. Mir reicht es, ich bin fertig mit dir. Ich dachte, du wärst anders, dabei bist du noch schlimmer als Michael. Und genau diese Frau bin ich, die jetzt vor dir steht und dir sagt, dass es ihr reicht und du deine abgefuckte Show ab sofort bei jemand anderen abziehen kannst, aber mich machst du nicht klein. Von Frauen wie mir kannst du ab sofort nur noch träumen.«

Marc hielt die ganze Zeit über meine Hand. Ich hatte keine Lust, mich weiter mit Chris zu streiten oder mir weitere Anschuldigungen anzuhören, deshalb drehte ich mich zu Marc und deutete ihm, dass ich bereit war, mit ihm ins Büro zu gehen. Ich wollte mich nur kurz hinlegen und ein paar Minuten Ruhe von allem haben.

Wenn man mit Marc durch den Club ging, teilten sich die Massen vor einem ganz automatisch. Er hatte diese Ausstrahlung und ich war dankbar dafür, denn ich war zu kraftlos für weitere Auseinandersetzungen. Das Büro lag kurz vor dem Ausgang. Eine steile Treppe hinauf und da war es schon. Nur eine schwere Tür trennte die Partyzone vom Arbeitsbereich.
»Da drüben ist das Sofa, ich hol dir schnell eine Decke, die müsste da im Kasten sein.«

Marc suchte nach der besagten Decke während ich mich aufs Sofa fallen lies. Meine Stiefel streifte ich ab und zog meine Knie hoch zu meinem Oberkörper. Ich rollte mich zusammen wie ein Igel.

»Diese scheiß Kerle können hier nicht rein, du bist hier in Sicherheit. Dein Ex wird hier ohnehin nie wieder einen Fuß reinbekommen und wenn du willst, dann werde ich dasselbe für Chris veranlassen, du musst es nur sagen. Dieses Arschloch war mir von Anfang an unsympathisch. Der war nie gut genug für dich.«

Er kam mit der Decke zu mir und setzte sich neben mich. Vorsichtig deckte er mich zu und sah mich mitfühlend an.

»Danke Marc, für alles. Du bist meine Rettung. Kannst du Laura sagen, dass ich gegangen bin und es mir gut geht? Ich will nicht, dass sie sich Sorgen um mich macht. Und wäre es okay, wenn ich kurz meine Augen zu mache und hier bleibe? Ich will mich nur kurz ausruhen und dann lass ich dich wieder in Ruhe, versprochen.«

Meine Augen fühlten sich schwer an und mein Körper fühlte sich wie Blei an. Ich spürte, wie ich in das Sofa sackte, immer tiefer.

»Natürlich, ich rede mit Laura. Ruh dich aus und ich schau dann später nach dir.«

Marc blieb noch kurz neben mir sitzen und beobachtete mich. Dann stand er auf und verlies das Büro. Es dauerte keine Minute und ich war weg, alles wurde schwarz, Sendepause.

Als ich wieder zu mir kam, war alles still. Im ersten Moment wusste ich nicht wo ich war, aber der große Tiger an der Wand erinnerte mich daran, dass ich im TigersClub war. Mein Kopf pochte und lies mich nicht vergessen, dass ich gestern auch ziemlich viel Alkohol in mich reingekippt hatte. Langsam richtete ich mich auf, um mich auf die Sofakante zu setzen, alles in Zeitlupe, um den Vorschlaghammer in meinem Kopf ruhig zu halten. Meine Füße berührten früher als erwartet etwas, und zwar keinen Boden, sondern etwas Weiches. Mit einer schnellen Bewegung zog ich meine Füße wieder hoch zu mir. Etwas bewegte sich am Boden vor mir. Marc sah mich verschlafen an und fuhr sich durch seine zerzausten Haare.

»Guten Morgen Alex. Ich dachte, eigentlich ich leg mich nur kurz hier zu dir und dann muss ich wohl eingeschlafen sein. Wir hatten noch eine Decke und ein Kissen unten im Kasten und daraus hab ich mir dann mein Bettlager hier gebaut. Wie geht es dir?«

Ich atmete vor Erleichterung tief aus und versuchte meinen Kopfschmerz beiseite zu schieben.

»Fast hätte ich einen Herzinfarkt bekommen. Danke, mir geht es halbwegs gut. Mein Kopf tut weh und ich muss noch alle Puzzleteile von gestern zusammensetzen, aber ich denke, ich schaff es jetzt nach Hause.«

Marc sah selbst zerknirscht aus, sprang aber trotzdem regelrecht auf, um gleich darauf zur Küchenzeile zu sprinten.

»Zuerst mach ich uns mal einen Kaffee und danach such ich dir ein paar Aspirin raus.«

Die Maschine begann zu mahlen und mein Kopf zu hämmern. Ich rieb mir die Schläfen und legte meinen Kopf wieder aufs Sofa.

»Tut mir leid, die Maschine ist laut, ich weiß. Aber gleich ist es vorbei.«

Marc hatte nur seine Boxershorts und ein T-Shirt an. So privat und zerzaust sah er unverschämt gut aus. Trotz meinen Kopfschmerzen, konnte ich es mir nicht verkneifen meine Augen offen zu halten und ihn zu beobachten.

»Milch? Zucker?«

Er goss sich selbst einen Schuss Milch in seine Tasse und wartete auf meine Antwort.

»Nur etwas Milch bitte.«

Ich konnte sein Gesicht zwar nicht sehen aber seinem Tonfall nach zu urteilen, grinste er.

»Genau wie ich. Wir haben wohl endlich eine Gemeinsamkeit entdeckt.«

Seine Rückansicht war wirklich beachtlich. Laura wäre bestimmt neidisch, wenn sie wüsste, was ich hier gerade zu sehen bekam. Mit den zwei Tassen kam er auf mich zu und sah zum Anbeißen aus. Die größere Tasse hielt er mir hin und wartete.

»Erde an Alex. Hier, das ist deine Tasse.«

Er musste bemerkt haben, wie ich ihn anstarrte, deshalb sah er mich auch zufrieden an und schlenderte hinüber zum kleinen Esstisch, um sich zu setzen. Er genoss es, dass ich ihn so ansah. Auch nachdem mir klar war, dass er es wusste, wollte ich nicht damit aufhören, ihn so anzusehen. Marc war ein attraktiver Mann, also wieso sollte er nicht wissen, dass auch ich ihn attraktiv fand?

Aber vielleicht war es genau diese Einstellung, die mich hierher brachte. Ich wurde als Schlampe beschimpft und für meine sexuelle Lust und Offenheit in den Augen von Chris und Michael herabgestuft zu einer Frau zweiter Klasse. Männer liebten sexuell aktive Frauen, nur leider nicht im echten Leben, sondern nur in Pornos. Ich war wie eine knallharte Kampfszene aus einem Actionfilm. Jeder fand solche Szenen in Filmen aufregend, aber im echten Leben wollte niemand so etwas erleben.

Marc musste gestern alles mitbekommen haben, was ich Chris an den Kopf geworfen hatte. Langsam kamen die Erinnerungen an meinen lauten Gefühlsausbruch mitten im Club wieder. Er stand währenddessen die ganze Zeit direkt neben mir und hielt meine Hand. Seine Meinung über mich schien sich allerdings nicht sonderlich geändert zu haben, denn er sah mich immer noch gleich an wie immer. Er versuchte auch nicht, mir gestern in meinem Delirium zu nahe zu kommen, obwohl er da schon wusste, wie ich über Sex dachte und dass mich alle als Schlampe sahen. Er legte sich nicht einmal neben mich aufs Sofa, sondern hatte sich sein eigenes Bett am Boden direkt neben mir gebaut, um mir meinen Freiraum zu lassen und trotzdem bei mir zu sein. Konnte der Mann eigentlich noch perfekter sein?

»Ich muss mich bei dir bedanken. Du warst gestern wirklich meine Rettung. Zuerst hast du mich vor meinem kranken Ex beschützt, dann hast du während meinem Streit mit Chris zu mir gehalten und mich danach auch noch hier her gebracht. Du hast mich zugedeckt und auf mich aufgepasst und heute früh machst du mir Kaffe und kümmerst dich wieder um mich. Womit hab ich das verdient?«

Während ich das alles laut aussprach, wurde mir erst richtig bewusst, wie dankbar ich Marc war. Er starrte seine Tasse an und sein Gesichtsausdruck wurde nachdenklich.
»Ich mag dich Alex, das weißt du. Von Anfang an hattest du für mich so eine Ausstrahlung. Wenn ich dich ansehe, dann reißt du mich mit. Ich bin nicht gerade der Typ, dem es leicht fällt so etwas in Worte zu fassen. Ich finde dich aufregend, für mich strahlst du pure Lebenslust aus. In deiner Nähe fühl ich mich gut.«

Das war das Netteste, das mir ein anderer Mensch jemals gesagt hatte. Für Marc strahlte ich Lebenslust aus und war aufregend. Genauso wollte ich von Chris gesehen werden, nachdem ich ihm mein wahres Ich gezeigt hatte.
Ich hatte keine Ahnung, wie ich darauf reagieren sollte und als ich so darüber nachdachte, was für Entscheidungen ich in den letzten Wochen gefällt hatte,

dann musste ich mir eingestehen, dass ich mit meiner nächsten vielleicht etwas warten sollte. Nichts überstürzten, sondern in Ruhe überdenken. Bis jetzt hatte ich Marc überhaupt nicht am Schirm gehabt, weil ich zu beschäftigt damit war, mich um Chris und Laurence zu kümmern. Mich über Ana zu ärgern beanspruchte auch viel meiner Zeit. Vielleicht war es notwendig, meine Prioritäten neu festzulegen, und zwar in aller Ruhe und alleine. Nicht mitten am Morgen, mit beinahe unerträglichen Kopfschmerzen und in Gesellschaft eines halbnackten Mannes, der starke Ähnlichkeit mit einem jugen griechischem Gott hatte.

»Ich weiß nicht, was ich sagen soll. Deine Offenheit hat mich gerade kalt erwischt. In letzter Zeit habe ich ein paar schlechte Entscheidungen getroffen und deshalb traue ich mir gerade selbst nicht über den Weg, kannst du das verstehen?«

Marc nickte und sah wirklich so aus, als würde er wissen, was ich meine und mir den Freiraum geben wollen, den ich brauchte.

In Ruhe tranken wir unseren Kaffee aus. Meine Kopfschmerzen wurden immer erträglicher und das Pochen immer schwächer.

»Hier, die Aspirin, die ich dir versprochen habe.«

Marc fand die Schachtel in der Schublade des Schreibtischs und warf sie mir entgegen. Viel zu spät reagierte ich, weil mein ganzer Körper noch im Notprogramm war. Die Schachtel knallte gegen meine Stirn und danach direkt in meine Tasse, die mittlerweile Gott sie Dank leer war.

Für Marc musste das Ganze bestimmt noch lustiger ausgesehen haben, aber auch ich konnte mich nicht mehr halten, deshalb lachten wir hemmungslos drauf los. Obwohl mein Kopf durch das Lachen wieder zu hämmern begann, konnte ich einfach nicht damit aufhören.
»Wehe du erzählst jemandem davon. Normalerweise bin ich eine wirklich gute Fängerin und generell gut bei Ballspielen. Du hast mich in einem schwachen Moment erwischt. Danke für die Tabletten, ich kann es kaum erwarten, dass sie wirken.«
Marc zog sich seine Hose an und wirkte jetzt wieder eher wie der Mann, den ich zu kennen glaubte.
»Ich sollte dir noch etwas sagen, bevor du gehst. Dieser Chris hat sich gestern noch nach dir erkundigt. Er wollte wissen, was da zwischen deinem Ex und dir abgelaufen ist. Von mir hat er gar nichts erfahren, ich misch mich da nicht ein. Danach hat er sich unten aufgeführt und wollte wissen, wo ich dich hinge-

bracht habe, aber auch das hab ich ihm nicht verraten, ich dachte, das wäre in deinem Interesse. Laura hab ich gesagt, dass es dir gut geht und du gegangen bist. Sie hat von der Sache mit deinem Ex, denke ich nichts mitbekommen und hat mich auch nicht weiter ausgefragt. An der Front ist also alles gut.«

Wieso konnte mich der Mistkerl nicht in Frieden lassen? Laurence hatte recht was Chris anging, er war ein Kleingeist, den ich lieber nicht in meiner Nähe haben wollte. Ich stand vom Sofa auf und ging zu Marc.
»Danke, für alles.«
Um meine Worte zu unterstreichen, drückte ich ihm einen Kuss auf die Wange.

Frauen, wie ich

An meine übliche Joggingrunde war nicht einmal zu denken, deshalb machte ich es mir auf meinem Sofa gemütlich. Von einem Sofa zum nächsten, aber diesmal war es zumindest mein eigenes. Bevor ich meine Augen wieder zu machen und den restlichen Tag im Halbschlaf verbringen konnte, entschloss ich mich dazu mein Telefon einzuschalten. Sieben Anrufe in Abwesenheit und fünf neue Nachrichten, na toll. Die Anrufe waren alle von Chris, die Nachrichten großteils auch, wobei eine von Laura dabei war. Laura schrieb mir kurz und knackig, dass ich mich heute bei ihr melden solle wenn ich ausgeschlafen war, weil sie mit mir telefonieren wollte. Auf die Nachrichten von Chris hatte ich allerdings keine Lust, ich beschloss den leuchtend gelben Briefumschlag vor seinem Namen leuchten zu lassen. Ich hatte mit den Nachwirkungen meines Alkoholmissbrauches zu kämpfen und war müde. Somit hatte ich definitiv Wichtigeres zu tun, und zwar zu schlafen. Es dauerte nur Sekunden und ich war wieder im Land der Träume.

Das penetrante Klingeln an meiner Tür riss mich aus dem Schlaf. Es dämmerte gerade, also musste ich den Nachmittag verschlafen haben. Nachdem das Klingeln nicht von alleine aufhören wollte, raffte ich mich auf und ging zur Tür. Als ich durch den Türspion sah, war ich nicht wirklich überrascht zu sehen, dass Chris in meinem Gang stand. Und wieder drückte er auf meine Klingel. Mein Kopf hatte sich zwar schon etwas beruhigt, trotzdem musste ich die Augen zusammenkneifen und meine Schläfen massieren.

»Ich weiß, dass du da drinnen bist. Stell dich nicht so an und mach die Tür auf.«
Und wieder klingelte es.
»Reagier doch zumindest auf meine Nachrichten, sei kein Kind.«
Wie war das? Ich und Kind? Hieß es nicht das letzte mal *Frauen wie du* und nicht *Kinder wie du*? Konnte er sich mal entscheiden? Ich hatte keine Lust, mit ihm zu reden, deshalb ging ich ins Badezimmer und drehte die Dusche und die Musik auf. Das Klingeln wurde dankenswerterweise vom Wasserstrahl und dem Radio übertönt. Nichts hätte sich in diesem Moment besser anfühlen können, als das heiße Wasser auf meiner Haut. Gefühlt eine halbe Stunde blieb ich in der Dusche stehen, hielt meine Augen

geschlossen und genoss die wohlige Wärme. Als ich wieder aus dem Badezimmer kam und einen Turban am Kopf hatte, hatte das Klingeln endlich aufgehört. Chris musste aufgegeben haben und endlich verschwunden sein. Erleichtert schnaufte ich aus und legte mich wieder aufs Sofa, mittlerweile waren wir dicke Freund geworden.

Ich beschloss, Laura endlich anzurufen, und griff nach meinem Telefon. Es klingelte nur einmal, dann war sie schon dran.

»Hi Alex, bist du etwa erst jetzt aufgestanden?«

Ihr Ton klang vorwurfsvoll, dabei war es doch erst kurz nach 17:00 Uhr. Ihr war schon klar, was ich gestern alles getrunken hatte und wie alt ich mittlerweile war? Wenn es um die Auswirkungen von Alkohol ging, dann spürte ich leider jedes einzelne Jahr in den Knochen.

»Hi Laura, auch schön dich zu hören. Was gibt es denn so Dringendes?«

Gekonnt ignorierte ich ihre Frage.

»Du warst gestern so schnell weg und ich hab mir Sorgen um dich gemacht. Außerdem habe ich etwas Seltsames beobachtet. Du wirst es nicht glauben, aber ich hab gestern bevor ich ins Taxi stieg noch Chris gesehen. Und er war nicht alleine, er hat sich lautstark mit Michael unterhalten.«

Na toll, sie kannten sich nun also. Vermutlich haben sie sich darüber ausgetauscht, was für eine widerliche Schlampe ich doch war.
»Ich hab Michael gestern getroffen. Er war im Club und wir hatten eine etwas unangenehme Begegnung. Auch Chris ist mir danach noch über den Weg gelaufen, aber dass sie sich danach noch miteinander unterhalten habe, davon wusste ich nichts.«

Stille. Laura schien nicht zu wissen, was sie darauf sagen sollte. Marc hatte ihr gestern ein anderes Bild von meinem Abgang vermittelt.
»Und das hast du mir alles nicht gleich gestern gesagt? Du triffst Michael und Chris und lässt mich dann ohne jede Erklärung zurück? Hättest du es mir gesagt, wenn ich dir nicht davon erzählt hätte, dass ich sie getroffen habe? Und wieso hat Marc mir gestern nichts davon erzählt? Er wusste doch bestimmt was los war.«
So viele Fragen auf einmal, und das mit einem Kopf, der immer noch nicht komplett repariert war.

»Ehrliche Antwort? Ich weiß nicht, ob ich dir davon erzählt hätte. Die Begegnungen waren nicht gerade freundlicher Natur, deshalb bin ich gestern auch so schnell verschwunden. Meine Taktik sah jetzt eigentlich so aus, dass ich die ganze Sache verdrängen wollte, verstehst du?«
Wieder Stille, diesmal noch länger als beim ersten Mal.
»Ja, ich verstehe. Trotzdem sollst du wissen, dass du mit so was immer zu mir kommen kannst, verstehst du das?«
Sie spielte mir den *verstehst du Ball* wieder zurück, aber das war nur fair.
»Ja, ich verstehe. Danke dir Laura.«
Wir verabschiedeten uns und verabredeten uns für die kommenden Tage zum Kaffee.

Ich wollte auf keinen Fall, dass es Freitag wurde, natürlich verging die Zeit dadurch nur noch schneller, und das Wochenende war wieder da. Meine Eltern hatten mich zu einen Besuch überredet, deshalb packte ich meine Tasche und fuhr mit meinem kleinen, gelben Flitzer Richtung Romeo. Eine Nacht würde ich zu Hause verbringen. Es war traurig, dass schon eine einzige Nacht so einen Widerwillen in mir auslöste. Romeo schrie für mich nach Chris. Seit unserer Begegnung im TigersClub hatte ich ihn nicht mehr gehört. Mit Ausnahme seiner Ascnhuldigungen durch meine Wohnungstür hindurch. Bis Dienstag schrieb er mir immer wieder Nachrichten, in denen er mich dazu bringen wollte ihn endlich zurückzurufen, aber ich sah keinen Grund für ein weiteres Gespräch mit ihm. Natürlich war ich neugierig, was er mit Michael zu besprechen hatte, aber das hätte ich ihm gegenüber nie zugegeben.

Die Fahrt kam mir heute länger vor als beim letzten Mal, aber das lag vermutlich daran, dass ich alleine im Auto saß und insgeheim nicht ankommen wollte.

Meine Mutter winkte mir vom Fenster aus zu, als ich in unsere Einfahrt fuhr. Hinter ihr stand mein Vater und lächelte mir entgegen. Bevor ich ausstieg, atmete ich einmal tief durch, straffte meine Schultern und beschloss das Beste aus der Zeit zu machen. Etwas anderes bleib mir nicht übrig.

Der Vormittag verging überraschend schnell. Meine Eltern hatten ein paar neue Platten ergattert, die wir uns gemeinsam anhörten. Das war eine Leidenschaft, die mir in die Wiege gelegt wurde. Dad und ich wechselten gerade die LP aus, als meine Mutter ankündigte, jetzt mit dem Kochen zu beginnen. Wenn meine Mutter damit um Hilfe in der Küche bitten wollte, dann war der Hinweis zwischen den Zeilen zu subtil für mich, deshalb beschloss ich, ihn zu ignorieren und im Wohnzimmer zu bleiben. Ich war eine schreckliche Hilfskraft in der Küche und eine noch schlechtere Köchin, das musste meine Mutter doch wissen. Die Ruhe hielt leider nur wenige Minuten.

»Alex? Du musst zu Greta, ich brauche dringend noch ein paar Eier, die sind mir gerade ausgegangen.« Oh nein, das war kein Zufall. Dieser kleine, unscheinbare Auftrag an mich war ein ausgeklügelter Plan, der beinahe Doppelnull Status verdient hatte. Sie wusste also, dass zwischen Chris und mir Funkstille herrschte und versuchte unauffällig, aber mit aller Kraft das wieder hinzubiegen. Wie berechnend sie doch war, ich hätte es von Anfang an wissen müssen. Die Zurückhaltung rund um Chris war zu schön, um wahr zu sein. Der Gesichtsausdruck meines Vaters verriet mir, dass er Mitleid mit mir hatte, aber zu schwach war um sich bei meiner Mutter durchzusetzen. Er kannte den Plan und schämte sich dafür. Ob sie zuvor mit Greta gesprochen hatte und wusste, ob Chris zu Hause war? So gerissen wie sie sein konnte, war es bestimmt so. Auf gut Glück hätte sie das alles nicht eingefädelt. Na toll, wie konnte ich ablehnen, ohne über das Thema Chris sprechen zu müssen? Natürlich gar nicht, deshalb schluckte ich meine Wut hinunter und gab kampflos auf. An der Tür zu klingeln und nach Eiern zu bitten, konnte wohl nicht schlimmer sein, als mit meinen Eltern über mein Privatleben zu sprechen.

»Sicher, wie viele brauchst du?«
Meine Frage klang vielleicht etwas zu freundlich, aber ernstgemeinte Freundlichkeit hatte ich nicht in meinem schauspielerischen Repertoire, sie musste also mit der aufgesetzten Version leben.
»Nimm doch bitte gleich zehn mit und beeil dich, es ist dringend. Danke Schatz!«
Mittlerweile schaffte es mein Vater nicht einmal mehr, mich anzusehen, nicht einmal mitleidig. Er starrte auf den Boden und bemühte sich, den Plan meiner Mutter nicht durch sein Verhalten zu verraten. Wer Familie hat, braucht keine Feinde mehr. Ohne mich zu verabschieden, schnappte ich mir meinen Autoschlüssel und ging zu meinem Auto. Normaler- weise wäre ich zu Fuß gegangen, aber irgendwie fühlte ich mich wohler bei dem Gedanken ein Flucht- fahrzeug dabei zu haben, außerdem wurde mir ja gesagt, dass ich mich beeilen musste.

In der Auffahrt standen einige Autos, ich kannte nicht alle, aber den Wagen von Chris erkannte ich sofort. Wenn ich klopfen, die Eier holen und wieder verschwinden würde, musste ich ihm ja nicht zwangsweise begegnen. Das war zumindest der letzte Funke Hoffnung, der mich überhaupt aussteigen und zur Tür gehen lies. Ohne diesen rettenden Gedanken hätte ich wieder umgedreht und wäre zurück nach Detroit gefahren. Ich bemühte mich, die Klingel ganz leise zu drücken, so als würde der Druck mit dem ich daran ankam, die Lautstärke beeinflussen können. Als hätte direkt hinter der Tür bereits jemand auf meine Ankunft gewartet, öffnete schneller als ich den Finger wieder von der Klingel nehmen konnte, jemand die Tür. Es war nicht Chris, auch nicht seine Mutter oder sein Vater. Vor mir stand Katy, die Ex-Frau von Chris. Im Arm hielt sie ein Baby in einer rosa Decke, sie hatte also ein Mädchen bekommen. Ich hatte nie wirklich ein Problem mit ihr gehabt, deshalb wollte ich gerade damit beginnen sie zu begrüßen und nach Greta zu fragen, aber dazu kam ich nicht.

»Was fällt dir ein hier aufzutauchen? Ich wusste immer schon, dass du eine Schlampe bist, aber dass du sogar Familien zerstörst, das hätte ich nicht einmal einer Frau wie dir zugetraut.«

Mein Fass war voll, voller als voll. Es lief binnen Sekunden über und trieb nun in einem Meer voller Wut vor sich hin. Was hatte Chris ihr erzählt? Glück für sie, dass sie ein Baby im Arm hielt. Gerade als ich die Worte die ihren Mund verliesen realisiert hatte und ihr antworten wollte, tauchte Chris hinter ihr auf.

»Alex? Was tust du denn hier?«
Er sah ernsthaft überrascht aus und war somit wohl ebenfalls nicht in den Plan unserer Mütter eingeweiht gewesen. Ungewöhnlich war nur, dass Katy hier war, von dieser Tatsache konnte meine Mutter nichts gewusst haben.
»Ich wollte Eier holen.«

Mehr brachte ich vor lauter Wut nicht heraus. Was war hier los? War er wieder mit ihr zusammen? So kurz nach der Scheidung? Woher wusste sie überhaupt, dass wir Kontakt hatten? Hatte er ihr eingeredet, dass ich eine Schlampe war? Was wusste sie alles? So viele Fragen und wieder keine Antworten in Sicht.

»Heute ist wohl Tag der Überraschungen, Katy stand vor einer halben Stunde ebenfalls unangekündigt vor der Tür.«

Zwischen uns stand nicht nur Katy sondern ein rießengroßer, unausgesprochenener Elefant. Er war wütend weil ich mich nie zurückgemeldet hatte, und ich war noch immer wütend, weil er ein verletzender Kleingeist war. Wir hatten uns so viel zu sagen, konnten es aber nicht, weil es Zeugen gab. Ich konnte nicht anders, als Chris auf die Anschuldigungen von Katy anzusprechen und herauszufinden, was er damit zu tun hatte.

»Katy war so freundlich mir die Tür zu öffnen und mich als Schlampe, die sogar Familien zerstört zu beschimpfen. Hast du damit etwas zu tun?«

Gekonnt sprach ich über ihren Kopf hinweg mit Chris, ganz so, als wäre sie nicht anwesend. Auf den Müll der aus ihrem Mund kam zu antworten, hatte ich nicht vor. Auf so ein Niveau würde ich mich nicht begeben. Aber inwieweit Chris in das alles involviert war, wollte ich noch wissen, bevor ich mir die Eier schnappen, und wieder verschwinden würde. Katy wurde plötzlich nervös und ich war mir sicher, dass ihre Aussage nichts mit Chris zu tun hatte, sondern nur das verzweifelte Gestammel einer eifersüchtigen Exfrau war.

»Meine Exfrau hat sich ihr Ex wohl wieder reiflich verdient.«

Langsam kam er näher zu uns und legte seine Hände auf die Schultern von Katy. Sie musste ihn direkt ansehen und das fiel ihr sichtlich schwer.

»Du bist die Schlampe, und hör mir jetzt ganz aufmerksam zu, denn all das sage ich dir nur einmal. Dein ganzes Leben lang hechelst du schon nach Aufmerksamkeit, weil du dich vermutlich selbst nicht leiden kannst. Ab einem gewissen Alter hast du wohl bemerkt, dass du diese Aufmerksamkeit leichter bekommst, wenn du dich richtig präsentierst. Du hast die Blicke der Männer provoziert und insgeheim auch genossen, ihnen aber einen vorwurfsvollen Blick zurückgegeben. Du hast dich beim Sex mit mir für die Perfektion schlecht hin gehalten. Wenn es dann zur Sache ging, lagst du nur da wie ein Stück Holz. Im Anschluss hatte ich immer das Gefühl, dir etwas als Belohnung kaufen zu müssen, weil du es ertragen hattest. Das ist der Inbegriff einer Schlampe, meine Liebe. Du wärst gerne so wie Alex, glaub mir. Sie ist erfolgreich, weiß was sie will, nimmt es sich und steht dazu. Ich habe selbst gebraucht um damit klar zu kommen, weil ich dich gewohnt war. Erst sie hat mir gezeigt, dass genau diese Offenheit Stärke ist und nicht billig. Billig sind Frauen wie du, die etwas vorspielen um Aufmerksamkeit zu bekommen und andere, die es nicht nur spielen, sondern wirklich ausleben dafür verurteilen. Du hast mich leider länger beeinflusst, als ich es gerne zugeben würde, aber sie hat dich aus meinem Kopf verbannt, endlich sehe ich alles wieder klar. Du solltest jetzt deine Tochter schnappen, zu dem armen Loser gehen, der dich geschwängert hat und dich hier nicht mehr blicken lassen. Nicht Alex hat hier irgendwas zerstört, sondern du. Du hast mich betrogen, während du mich für dich hast schuften lassen und warst auch noch dumm genug, dich dabei schwängern zu lassen. Es reicht, ich will, dass du jetzt verschwindest und dich nie mehr hier blicken lässt.«

Katy wurde bei jedem Satz etwas kleiner und schien schockiert über die Worte ihres Ex-Mannes zu sein. Anscheinend hatte Chris ihr noch nie so direkt seine Meinung über sie gesagt. Katy lief ins Haus, vermutlich um ihre Sachen zu packen.
»Kannst du deiner Mutter bitte sagen, dass ich zehn Eier von ihr brauche?«
Chris sah mich fragend an, so als könnte er nicht verstehen, wie ich jetzt an Eier denken konnte, aber er rief seine Mutter.

»Hallo Alex, was für eine schöne Überraschung. Toll siehst du aus. Hier die Eier, zehn Stück. Und richte deiner Mutter bitte liebe Grüße von mir aus.«

Ich nahm die Eier, verabschiedete mich von Greta und ging zurück zu meinem Auto, während Chris mich entgeistert anstarrte. Vielleich wirkte es für Außenstehende wie eine Flucht, denn meine Beine bewegten sich schneller als üblich. Endlich im Auto angekommen fuhr ich, noch ohne den Gurt angelegt zu haben sofort aus der Einfahrt und der Sichtweite von Chris. Erst als ich mir sicher war, dass mich niemand mehr sehen konnte, atmete ich tief aus und bemühte mich, langsam alles noch einmal durchzugehen. Was war da gerade geschehen? Hätte ich etwas sagen sollen? Wollte Chris mir schon die ganze Woche über erzählen, dass es ihm leidtat und er zu spät erkannt hatte, was für ein totaler Vollidiot er war? Was hatte die Begegnung zwischen ihm und Michael damit zu tun? Wollte ich das alles eigentlich noch wissen, oder war es zu spät? Gut zu wissen, dass er seine Meinung geändert hatte, aber vielleicht zu spät um den Schaden der zwischen uns entstanden war zu reparieren. Dann gab es mittlerweile auch Marc. Wollte ich die ganze Sache mit Chris überhaupt noch? Fragen über Fragen und ich war müde davon,

Antworten zu suchen. Konnte es denn nicht einmal in meinem Leben einfach sein?

Die Schachtel Eier stand neben mir am Beifahrersitz und erinnerte mich daran, dass meine Mutter meinte, es wäre dringend. Ich beschloss all die Gedanken beiseite zu schieben und zu verdrängen bis ich morgen wieder zurück in meiner Wohnung war und mir bewusst Zeit nehmen konnte, um all die Fragen in meinem Kopf zu beantworten. Marc verdiente es, endlich von mir zu erfahren, was in mir vorging, und ich selbst wollte es auch wissen.

Die restliche Familienzeit war geprägt von unterschwelligen Anspielungen meiner Mutter. Immer wieder wollte sie von mir hören, wie es bei Greta war. Ich wusste natürlich, worauf sie hinaus wollte, stellte mich aber dumm. Ich hatte geklingelt, mir wurden die Eier gegeben und Greta meinte, dass ich gut aussehen würde, das war alles. Nichts Aufregendes wäre vorgefallen.

Als ich am nächsten Tag aus der Ausfahrt fuhr, verging bestimmt keine Minute, bis meine Mutter Greta anrufen und in Erfahrung bringen würde, was gestern tatsächlich geschehen war. Aber das war mir egal, denn ich war endlich auf dem Weg zurück zu meinem tatsächlichen zu Hause.

Seitdem ich meine Wohnungstür hinter mir abgeschlossen hatte und ich sie nun wieder aufsperrte war so viel geschehen. Ich hatte es geschafft die Gedanken rund um all die Männer in meinem Leben beiseite zu schieben, bis die Tür hinter mir ins Schloss fiel. Danach war es so, als wäre der Film, den ich auf Pause gedrückt hatte, unerwartet wieder angegangen, und zwar in voller Lautstärke.

Marc hatte mir ganz direkt erklärt, dass er mich für eine tolle Frau hielt und dass er interessiert daran war mich näher kennenzulernen. Durch den Streit im Club, musste er wissen, dass ich das Thema Sex sehr offen auslebte, aber Details kannte er natürlich nicht. Würde auch er mich mit anderen Augen sehen, wenn ich ihm vom Heaven erzählen würde? Auf mich wirkte er so, als ob er mit dem Thema gut umgehen könne, aber das dachte ich auch von Chris.
Marc's Worte über mich waren Balsam für meine Seele. Genau so wollte ich immer gesehen werden und er tat es, leider ohne mich tatsächlich zu kennen.

Chris und mich verband immer schon etwas ganz Eigenes. Für mich, hatte er immer eine einzigartige Anziehung und in seiner Nähe fühlte ich mich schon als Kind wohl und verstanden. Ich hatte keine Ahnung was er sich überhaupt von seiner Entschuldigung erwartete. Wenn man es überhaupt als Entschuldigung bezeichnen konnte. Immerhin hatte er mir das ja nie direkt gesagt, aber indirekt waren seine Worte an seine Exfrau, ein kleiner Lobgesang auf mich und ich war mir sicher, dass er mir damit sagen wollte, dass ihm sein Verhalten leid tat. Vermutlich wollte er mir all das auch schon am Telefon und vor meiner Wohnungstür sagen, aber ich hatte mich zurückgezogen und ihm keine Chance dazu gegeben. Wollte ich unsere Freundschaft plus weiterführen? Wieso hatten mich seine Worte überhaupt so getroffen, wenn er doch nur ein Freund war? Hatte mich seine Anziehungskraft nicht schon vom ersten Abend an wieder in seinen Bann gezogen? Ich konnte nicht leugnen, dass da etwas zwischen uns war, etwas das ich bisher nur bei ihm fühlte. Er war allerdings auch der Einzige dem ich Einblick in mein wirkliches Ich gegeben hatte und der mich besser kannte als jeder Andere und der mich genau für diese Seiten die ich vor anderen versteckte, verurteilte. Wenn ich es rational betrachtete, dann musste Marc eigentlich zumindest eine Chance verdienen, aber es fehlte das Kribbeln, wenn ich an ihn dachte. Das besagte Kribbeln kam nur auf, wenn ich an Chris dachte und leider kam es immer noch, auch nach all dem Mist der zwischen uns passiert war. Ich musste mit Marc reden, und das am besten sofort.

Es war Samstag nachmittag, also beschloss ich abends in den TigersClub zu gehen und mit ihm zu reden. Das Thema Chris würde noch warten müssen. Eines nach dem Anderen, oder Einer nach dem Anderen.

Der Club war wie immer voll. Ich bemühte mich verzweifelt Marc zu finden. Am Eingang waren nur seine Kollegen, die meinten, er wäre heute drinnen unterwegs. Nachdem ich ihn nirgends finden konnte, stöckelte ich die Stiegen hoch ins Büro. Seit letzter Woche kannte ich auch diese Ecke des Clubs. Die Tür war nicht abgeschlossen, deshalb öffnete ich sie und bereute es bereits wenige Sekunden später. Laura und Marc waren gerade mitten bei der Sache. Meine Kollegin beugte sich über den Schreibtisch und Marc sties von hinten in sie. Lauras Stöhnen wurde zu einem Schrei als sie mich sah. Ich brauchte einen kurzen Moment, reagierte dann aber doch und ging sofort wieder hinaus auf den Gang und schloss die Tür. Es konnte das Geschehene nicht ungeschehen machen, aber so konnte sich die Situation allmählich etwas beruhigen. Sobald ich die Tür geschlossen hatte, musste ich lächeln und freute mich für die beiden. Marc war ein verdammt heißer Typ der obendrauf auch noch sein Herz am rechten Fleck hatte und Laura war eine attraktive Frau, die ich ebenfalls gern hatte, also wieso nicht? Eigentlich passten sie perfekt zusammen und ich musste zugeben, dass sie auch optisch gut zusammenpassten und mich die Szene die sich mir gerade bot etwas aufheizte. Es dauerte keine Minute und Marc öffnete mit hochgezogener Hose und roten Wangen die Tür.

»Alex, was tust du denn hier? Du hast dich seit letzter Woche nicht mehr gemeldet, alles in Ordnung bei dir?«
Es schien ihm unangenehm zu sein, dabei war er mir zu nichts verpflichtet, nur weil er mir offenbarte, dass er mich mochte. Er war Single und wenn ihm jemand gefiel, durfte er weiterhin tun und lassen was und mit wem er es wollte.

»Es tut mir so leid, ich hätte anklopfen müssen. Mir geht es gut, ich wollte nur kurz mit dir reden, aber ich komme gerade ungelegen und hätte dich wohl vorher anrufen sollen. Bitte sag Laura, dass es mir leidtut und wir reden ein andermal.«

Ich wollte mich gerade umdrehen und verschwinden, als Laura aus dem Büro kam.

»Hi Alex, ich wollte sowieso gerade gehen. Wir sehen uns am Montag im Büro.«

Es war ihr zwar unangenehm, dass ich sie so mitten im Geschehen gesehen hatte, aber sie nahm die Sache dann doch nicht zu ernst und ging erwachsen damit um. Das wusste ich zu schätzen.

»Hi Laura, es tut mir leid, dass ich so reingeplazt bin, das war wirklich dumm von mir. Ja, wir sehen uns im Büro und müssen definitiv miteinander reden.«

Wir wussten, dass unser Gespräch im Büro nicht jugendfrei sein würde. Sie küsste Marc auf die Wange und verabschiedete sich von ihm.

»Wenn du noch möchtest, dann könnten wir jetzt auch reden, vielleicht gehen wir hinunter an die Bar?«

Marc wollte mich anscheinend nicht ins Büro lassen, weil der Duft von Sex noch allgegenwärtig sein musste.

»Natürlich, lass uns an die Bar gehen.«

Wir bestellten uns zwei Whisky-Cola und setzten uns an die Bar. Es war mir wichtig gleich Klartext zu reden und die peinliche Situation etwas aufzulockern.

»Du bist ein verdammt anziehender Mann und ich bin gerade ein wenig eifersüchtig auf Laura.«

Seine Mundwinkel gingen nach oben und er schien sich über die offenen Worte zu freuen.

»Ich meinte alles was ich dir letzte Woche gesagt habe ernst. Du bist eine tolle Frau und ich würde dich gerne näher kennenlernen, aber du hast dich über eine Woche nicht bei mir gemeldet und das sagt mir schon alles was ich wissen muss. Laura und ich, wir amüsieren uns immer wieder mal, aber das ist etwas ganz Lockeres, nichts Ernstes. Wenn du aber eifersüchtig bist, dann kann ich dir nur sagen, dass die Bürotür für dich immer offen steht.«

Bei seinen letzten Worten wurde sein Lächeln immer breiter. So selbstsicher hatte er sich mir gegenüber noch nie gegeben, aber nachdem man einen Mann beim Sex gesehen hatte, was hätte es da noch gebracht schüchtern zu sein?

»Ein verlockendes Angebot, aber ich muss leider ablehnen. Du hattest recht, ich hätte mich schon vor Tagen melden sollen. Ich hatte viel um die Ohren und musste mir über einiges klar werden. Du bist ein guter Mann, und ich möchte, dass wir Freunde bleiben. Es gibt da jemanden, der mich gerade um den Verstand bringt und der Sache muss ich auf den Grund gehen. Ich hoffe du nimmst mir das nicht übel und wir können die Sache hinter uns lassen.«

Marc nickte nur und nahm einen großen Schluck.

»Es ist nicht so, dass ich dich heiraten wollte. Ich hätte dich gerne näher kennengelernt, um zu sehen, wo das alles hinführt, aber es ist für mich in Ordnung, wenn wir Freunde bleiben.«

Ich umarmte ihn und war froh, dass wir uns verstanden und alles zwischen uns geklärt war. Wir tranken aus und verabschiedeten uns von einander.

Als ich den Club verlassen und endlich frische Luft in den Lungen hatte, fühlte ich mich besser. Endlich hatte ich mit der Abarbeitung meiner To-Do Liste begonnen und konnte schon mein erstes Häkchen setzen – check.

Happy Birthday Mr. President

Etwas mehr als eine Woche war vergangen, seit ich mit Marc gesprochen hatte. Laura erklärte mir am Montag danach ziemlich detailliert, wie viel Spaß sie und Marc gemeinsam hatten und ich wurde etwas neidisch. Sie wirkte ausgeglichen und zufrieden, sexuell befriedigt. Ich hingegen wirkte eher zerknirscht und nidergeschlagen, sexuelle Befriedigung klang für mich wie ein Fremdwort. Seit dem Vorfall mit Chris und Laurence war ich nicht mehr im Heaven gewesen und es fehlte mir.

Es war Mittwoch, in zwei Tagen würden wir den Geburtstag von Laurence feiern, in Form einer peinlichen Überraschungsparty, die für meinen Chef bestimmt keine Überraschung war. Ich überlegte mir, ob ich ihm ein persönliches Geschenk besorgen sollte, kam aber immer wieder von dem Gedanken ab, weil mich unser letztes Gespräch immer noch ärgerte und ich ihm nichts Gutes tun wollte. Meine Anwesenheit auf der Feier wäre schon mehr als genug, das hatte er gar nicht verdient, musste aber aus beruflicher Sicht leider sein.

Ich packte gerade meine Sachen zusammen und wollte mich auf den Weg nach Hause machen, als die Tür zu meinem Büro aufging. Laurence kam herein und blieb mitten im Raum stehen.

»Ich werde das nur einmal sagen. Es tut mir leid. Ich hätte mich nicht einmischen sollen, sondern dich machen lassen, egal wie meine Meinung zu dem ganzen Thema ist.«
Es schien ihm ernst zu sein, denn er sah mich fragend an und wartete auf eine Reaktion von mir.

»Danke Laurence, das bedeutet mir viel. Ich bin froh, dass du gekommen bist, denn mein eigener Stolz hätte es mir verboten, noch einmal mit dir zu reden, außerhalb der Firma. Jetzt fällt es mir schon leichter, übermorgen zu deiner Feier zu gehen.«
Laurence machte ein überraschtes Gesicht und sah mich fragend an.
»Wie bitte? Was für eine Feier?«
Hatte ich etwa tatsächlich gerade die Überraschungsparty ruiniert?
»Ich dachte, du wüsstest davon. Es tut mir leid, ich wollte nicht,...«

Bevor ich weiter sprechen konnte, unterbrach mich sein lautes Lachen.

»Natürlich wusste ich davon, ich hab dich doch nur ärgern wollen.«

Ich hasste ihn wieder. Der Hass war nur für eine Minute verschwunden und mit voller Wucht wieder zurückgekommen.

»Du bist ein schrecklicher Mensch, und das weißt du auch.«

Ich packte meine Tasche fertig und signalisierte ihm, dass ich gerade aufbrechen wollte.

»Bevor du gehst, muss ich dir noch etwas sagen. Vielleicht kennst du meinen Bruder Philipp, er ist Arzt im Spital hier um die Ecke. Er hat mich letzte Woche angerufen, weil ein ehemaliger Angestellter von mir bei ihm war mit einer gebrochenen Nase und er ständig von meiner Firma und einer Angestellten von mir geredet hat. Einer Schlampe, die Alex heißt. Mir war sofort klar, wer der Kerl bei ihm war. Es konnte nur Michael sein, aber wieso er eine gebrochene Nase hatte, wusste ich zu dem Zeitpunkt noch nicht. Weil es mich natürlich neugierig machte und ich gewisse Leute kenne, stellte ich Nachforschungen an und erfuhr wie er zu meinem Bruder und der gebrochenen Nase kam.«

Er machte eine theatralische Pause, die mich fast um den Verstand brachte.

»Kannst du es bitte nicht so spannend machen, sondern ohne lange Pausen erzählen, was passiert ist?«

Er nickte und sprach sofort weiter.

»Chris hat ihn eine aufs Maul gehauen. Mir wurde es so berichtet, dass die beiden sich vor dem TigersClub getroffen haben und Michael seine Version der Geschichte über eure Beziehung lautstark herausposaunt hat. Offensichtlich war Chris nicht erfreut über die Geschichte, und hat ihm ohne Vorwarnung eine verpasst und erklärt, er solle nie mehr so über dich reden. Vielleicht habe ich mich in ihm getäuscht und er ist doch ein anständiger Kerl.«

Laura hatte die beiden also gesehen, bevor es zum Schlagabtausch kam. Chris hatte sich für mich eingesetzt und wurde durch Michael wachgerüttelt. Nur wenige Minuten zuvor war er nämlich ebenfalls nicht gerade auf meiner Seite, aber Michaels Worte mussten ihm zu weit gegangen sein. Vielleicht hatte er doch noch eine Chance verdient.

Es war Mittwoch Abend und ich saß alleine auf meinem Sofa und überlegte mir, wie ich Chris anrufen und ihn zur Feier für Laurence einladen konnte. Ich wollte ihn dabei haben und damit auch indirekt aufklären, wer Laurence für mich war. Außerdem konnte ich vor Ana mit ihm angeben und ihren dämlich, überraschten Gesichtsausdruck genießen. Aber zuerst musste ich mich bei ihm melden und einladen. Ich starrte das Telefon vor mir an und wartete auf den passenden Moment. Irgendwann würde ich wissen, was ich ihm sagen wollte, und bis dahin starrte ich vor mich hin. Ich war alle möglichen Einleitungen in meinem Kopf durchgegangen und entschloss mich dazu, es endlich zu versuchen. Mein Herz raste als ich auf seinen Namen drückte, und das Freizeichen hörte.

»Hallo?«

Da war er endlich, seine Stimme klang verschlafen. Wie spät war es inzwischen? Ich sah kurz auf die Uhr gegenüber von mir, es war bereits nach Mitternacht, na toll. Ein Anruf um diese Zeit wirkte überhaupt nicht seltsam.

»Hi Chris, hier ist Alex. Es tut mir leid, dass ich dich so spät anrufe, ich hab die Zeit übersehen. Wenn du lieber morgen telefonieren willst, dann leg ich jetzt wieder auf und lass dich schlafen.«

Er gähnte ins Telefon, bevor er antwortete.

»Nein, kein Problem. Was gibt es?«

Das war eine gute Frage, was gab es denn eigentlich nach all meinem Schweigen?

»Ich halte mich kurz und lass dich gleich wieder schlafen. Es tut mir leid, dass ich dir aus dem Weg gegangen bin und dir keine Chance gelassen habe, dich zu erklären, das hast du nämlich sehr intensiv versucht. Ich würde dich gerne zu einer Feier bei mir in der Firma einladen. Mein Chef feiert Geburtstag und ich hätte dich gerne als meine plus Eins dabei. Dresscode ist eher elegant, aber wenn du keinen Anzug hast, dann tut es ein dunkles Hemd bestimmt auch. Hättest du Lust und Zeit mich zu begleiten?«

Die Frage schien ihn zu überraschen, denn er lies sich viel Zeit für seine Antwort. Oder er war inzwischen wieder eingeschlafen.

»Also, ja, eigentlich schon, aber woher kommt dein Sinnenswandel? Du hast mich geghosted würden die Kids sagen und jetzt auf einmal soll ich dich zu einer Feier begleiten? Versteh mich nicht falsch, ich freue mich, aber ich hätte nicht mehr damit gerechnet, von dir zu hören.«

Dieses Gespräch wollte ich nicht am Telefon führen, sondern persönlich.

»Ich war verletzt und hab auf stur geschalten. Mittlerweile sehe ich aber ein, dass ich wohl übertrieben hab und möchte über alles in Ruhe mit dir reden. Ich freu mich, dass du am Freitag kommst und wir dann Gelegenheit dazu haben. Kannst du um 17:00 Uhr vor meiner Firma sein?«

Um 17:30 Uhr würde Ana mit Laurence auf die Dachterrasse fahren und ihn überraschen. Wir hatten also eine halbe Stunde Zeit um uns kurz auszusprechen und danach den Abend zu genießen. Das musste reichen.

»Ja, das geht sich aus. Dann sehen wir uns morgen. Gute Nacht.«

Stimmt, es war ja bereits Donnerstag.

»Ich freu mich auch, bis morgen, schlaf gut.«

Es war Freitag nachmittag und ich saß beim Frisör. Ich wollte mein schlechtes Verhalten Chris gegenüber, mit einem tollen Aussehen wieder gut machen. Das ergab vielleicht nur für mich Sinn, aber ich hatte das dringende Bedürfnis, die Wogen wider zu glätten und dabei umwerfend auszusehen.

Mein Kleid war moosgrün und bodenlang mit einem hohen Schlitz an der Seite. Ich hatte mich für goldene, geschnürte, hohe Sandaletten entschieden und goldenen Schmuck. In meine Haare wurden große, voluminöse Locken eingearbeitet und ich genoss ein Glas Prosecco dazu.

»Du siehst umwerfend aus.«

Sarah, meine Friseurin sah mich mit hochgezogenen Augenbrauen an.

»Was auch immer du heute vor hast, es muss dir einfach gelingen.«

Sie schwenkte mit dem Handspiegel um meinen Hinterkopf und zeigte mir ihre Meisterleistung aus allen Perspektiven und ich war mehr als zufrieden damit.

»Danke, die Frisur ist wirklich der Wahnsinn.«

Ich stöckelte zu meinem Auto und sah mir das verpackte Geschenk am Beifahrersitz an.

Nachdem ich mich mit Laurence ausgesprochen hatte, entschloss ich mich dazu, ihm doch ein Geschenk zu machen. Meine Kamera und ich waren schon immer unzertrennlich und ab und zu waren meine Fotos nicht mal so schlecht. Vor einem Jahr ungefähr hatte ich den Abendhimmel bei mir zu Hause fotografiert und das Bild wurde wirklich gut. Die dicken weißen Wolken waren an den Rändern in ein orange-pink getaucht und kündigten die Nacht an. Mich erinnerte es immer schon ans Heaven. Nachdem uns dieser Ort miteinander verband und ich genau wusste, dass er die Anspielung verstehen würde, rahmte ich ihm das Foto ein und wollte es ihm heute schenken. Damit er auf seinem Schreibtisch immer eine kurze gedankliche Reise ins Heaven machen konnte, wenn ihm danach war. Und das Beste daran war, dass nur wir wussten, was mit dem Bild im Zusammenhang stand.

Als ich in der Tiefgarage einparkte, bemerkte ich erst, dass ich viel zu früh dran war, entschloss mich aber trotzdem gleich nach oben zum Eingang zu fahren und Ausschau nach Chris zu halten. Der Lift brachte mich direkt in die Eingangshalle. Ich ging zur Tür und wartete. Immer wieder gingen bekannte Gesichter an mir vorbei und begrüßten mich. George, mein nerdiger Kollege kam mit einer wunderschönen Blondine im Arm und schien frisch verliebt zu sein. Ich freute mich für ihn, er hatte es verdient. In der Ferne konnte ich jemanden erkennen, den ich hier nicht erwartet hatte. Diese Figur hätte ich überall erkannt, natürlich auch das Gesicht, aber der Körper war hier doch sehr präsent. Marc kam im Anzug, lässig auf mich zu.

»Hi Alex, du siehst fantastisch aus.«

Er küsste mich rechts, links und ging danach einen Schritt zurück, um mich zu begutachten.

»Danke, du siehst aber auch nicht schlecht aus. Ich wusste nicht, dass du heute auch hier bist.«

Spielerisch zuckte er mit den Achseln.

»Du weißt eben nicht alles über mich. Wenn ich so recht darüber nachdenke, kennst du ausgerechnet die Seite nicht an mir, für die mich die Damen am meisten loben.«

Wir mussten beide lachen und konnten nicht mehr ernst bleiben. Noch bevor wir uns wieder fangen konnten, kam Laura aus dem Lift und auf uns zu.

»Hi ihr Zwei, ihr habt euch also schon getroffen.«

Noch bevor ich antworten konnte, kam der Leiter der Personalabteilung auf Laura zu.

»Dürfte ich sie wohl einen Moment entführen?«, fragte er meine Kollegin.

Laura nickte und folgte ihm.

»Keine Sorge, das wird nicht lange dauern. Also, wie kommt es dazu, dass du heute hier bist Marc?«

Wieder zuckte er mich den Achseln.

»Ich weiß nicht so genau, irgendwie wollten wir mehr als immer nur, naja, du weißt schon was. Laura und ich haben immer viel Spaß miteinander und sind uns einig, dass sich dieser Spaß nicht nur auf den Club und Sex beschränken muss. Mal schauen, wo das hinführt, aber einen Versuch ist es wert.«

Gerade als ich ihm antworten und erklären wollte, wie toll ich das fand, kam Chris auf uns zu. Er blieb stehen und sah verwundert zu meinem Gesprächspartner.

»Oh, ich werde euch mal in Ruhe lassen, wie es aussieht ist Laura auch schon fertig, ich geh mal zu ihr.«

Marc verschwand und ich fühlte ich mich nackt. Chris sah mich einfach nur an.

»Du siehst fantastisch aus«, sagte er, während er die letzten Schritte auf mich zu kam.

»Danke, du aber auch. Irgendwie erinnerst du mich an James Bond mit deinem Anzug und der Fliege.«

Chris gab mir einen Kuss auf die Wange und griff mir dabei sanft an die Schulter. Es war elektrisierend, obwohl es eine völlig harmlose Geste war. Dieser Mann konnte nicht gesund für mich sein, und trotzdem wollte ich ihn unbedingt.

»Was macht das Riesenbaby hier? Du hast hoffentlich nicht zwei Dates ausgemacht.«

Genervt rollte ich mit den Augen.

»Nein, natürlich nicht. Er ist mit meiner Kollegin Laura hier. Die beiden sind sich in letzter Zeit wohl etwas näher gekommen.«

Chris nickte und schien sich darüber zu freuen.

»Also endlich ein Konkurrent weniger.«

Ich boxte ihm leicht gegen die Schulter und konnte mein Lächeln nicht verstecken. Wenn er nur gewusst hätte, wie recht er hatte. Noch letzte Woche war ich mir unsicher, ob Marc nicht vielleicht doch eine Chance verdient hätte, aber meine Gefühle für Chris konnte ich nicht beiseite schieben oder vergessen. Ich war es mir selbst schuldig, es noch einmal mit ihm zu versuchen und diesmal richtig. Keine Freundschaft plus, oder sonst irgendeine verquere Art von Freundschaft mit Sex, ich wollte das ganze Paket, nur wusste Chris noch nichts von meinen Plänen. Ich ging mit meiner Begleitung zum Lift und erklärte ihm, dass die Feier oben auf der Dachterrasse stattfinden würde.

»Es ist eine Überraschungsparty, deshalb wunder dich nicht, falls du überrascht wirst.«

Chris sah mich verwundert an.

»Aber ich bin nicht das Geburtstagskind. Du weißt, dass ich im April Geburtstag habe?«

Gespielt genervt rollte ich wieder mit den Augen.

»Das meinte ich auch gar nicht, aber es könnte sein, dass du überrascht vom Geburtstagkind sein wirst.«

In seinem Gesicht war ein riesengroßes, rotes, fettgedrucktes Fragezeichen zu sehen. Der Lift fuhr bis ganz nach oben. Wir stiegen aus und gingen an den nächstbesten, ruhigen Fleck.

»Ich versteh absolut nicht, worauf du hinaus willst. Du hast gesagt, dass dein Chef heute feiert, also wieso sollte mich der Typ überraschen?«

Ich wollte ihm nicht zu viel verraten, weil sein Gesichtsausdruck später unbezahlbar sein würde und das hätte ich mir um nichts in der Welt verderben lassen.

»Das Geburtstagkind ist dafür verantwortlich, dass ich über uns nachgedacht habe und mir klar wurde, dass ich umdenken muss. Nur weil du einmal etwas extrem Dummes getan hast, darf ich deshalb nicht gleich all die guten Dinge vergessen, die du davor gemacht hast. Du bist ein toller Mann und hast deinen Fehler eingesehen, deshalb würde ich das ganze Thema gerne hinter uns lassen und nach vorne sehen. Dieses Freundschaft plus Konzept hat wohl nicht so ganz funktioniert. Ich denke ich habe meine Meinung geändert und würde es jetzt gerne richtig versuchen, mit allem was eben so dazugehört. Sex, Dates, Freunde kennenlernen, uns offiziell als Partner bezeichnen und der ganze andere Kram. Bisher hab ich das erst einmal versucht und es hat schecklich geendet, aber mit dir will ich es noch mal versuchen. Jetzt wo ich mich gerade sowieso blamiere, kann ich es ja zugeben, du bist meine Sandkastenliebe gewesen und jetzt, wo ich weiß wie gut der Sex mit dir ist, wüsste ich nicht wer da noch mithalten sollte. Ich versteh natürlich, wenn du anders empfindest und nach deiner Scheidung nichts Ernstes suchst, aber versuchen musste ich es. Ich will nicht mehr um den heißen Brei reden, dafür ist das Leben zu kurz.«

Chris sah mich die ganze Zeit über ausdruckslos an. Selbst ein Profiler vom FBI, hätte aus ihm nicht schlau werden können, da war ich mir sicher.
»Du hast mir die Show gestohlen. Ich habe mir schon überlegt, wie ich dir vorsichtig erklären könnte, dass mir diese Freundschaft plus zu wenig ist, weil ich mehr will. Es ist nicht so, dass ich nach der Scheidung auf der Suche gewesen wäre oder die Situation zeitlich perfekt in meine Pläne passen würde, aber diese Chance ist zu wichtig um sie ziehen zu lassen. Du warst auch meine Sandkastenliebe, und der Sex mit dir war ganz okay, deshalb würde ich auch sagen,

jede andere Frau hätte es schwer mit dir zu konkur-
rieren.«

Diesmal boxte ich fest zu. Der Sex mit mir war also
okay? Nur okay? Bevor ich etwas sagen konnte,
küsste er mich, und zwar so intensiv, dass meine Wut
sofort verschwunden war.
»Nehmt euch ein Zimmer!«
Noch bevor ich meine Augen wieder öffnete, wusste
ich bereits von wem der blöde Spruch kam. Laura
stand direkt neben mir und grinste bis über beide
Ohren.
»Meinst du etwa ein Büro und einen Schreibtisch?«
Marc und Laura sahen sich an und mussten lachen.
»So, Mr. Vendelin wird gleich hier sein, also lasst uns
da rüber gehen. Ana hat einen genauen Ablauf
geplant. Sie holt ihn gerade und wird in wenigen
Minuten heroben sein. Angeblich soll es einen Über-
raschungsgast geben, eine Sängerin. Sag mal, hast du
da etwa ein Geschenk? Ich dachte, es gibt ein
Gemeinschaftsgeschenk. Dass wir eigene auch noch
mitbringen sollen, hab ich wohl verschlafen.«
Beruhigend griff ich ihr an den Arm.
»Alles gut Laura, ich hab ihm nur eine Kleinigkeit
besorgt, eine Art Scherz, nichts Besonderes. Na gut,
dann lasst uns rüber zu den anderen gehen.«

Chris nahm meine Hand und wir gingen gemeinsam mit Laura und Marc zur Gruppe um für den Überraschungsmoment, der keine Überraschung war wie ich wusste, vorbereitet zu sein. Der Lift hielt an und die Türen öffneten sich. Ana stellte sich in die Tür und präsentierte stolz die Überraschung, uns. Ein lautes *Überraschung* machte die Runde und Laurence sah tatsächlich überrascht aus. Er war ein verflucht guter Schauspieler. Sobald er aus dem Lift gekommen war, liefen die Kellner schon nervös herum und verteilten Sektflöten.

Laurence schüttelte Hände, bedankte sich bei den Kollegen und griff sich dabei immer wieder ans Herz, so dass ich auch von der Ferne aus erkennen konnte, dass er an der Geschichte mit der Überraschung festhielt. Chris Hand drückte mich immer fester, bis er mich ein Stück von den Anderen wegzog und mich entgeistert ansah.

»Das ist also dein Chef? Du schläfst mit deinem Chef? Und jetzt bringst du mich hier her um mir das unter die Nase zu reiben?«
Er hatte alles falsch verstanden, was es nur falsch zu verstehen gab.

»Nein, du Dummerchen. Er ist mein Chef, ja, aber mehr auch nicht. Er hat mich damals, nachdem mich mein erster Freund und Kollege in der Firma bloßgestellt und als Schlampe bezeichnet hatte verteidigt, und mir das Heaven gezeigt, um mich zu beschützen. Du durftest Michael ja mittlerweile kennenlernen. Zwischen uns ist noch nie etwas gelaufen und wird es auch nie. Laurence ist eher wie ein Vater für mich, verstehst du? Er hat es im Club nur gut gemeint und wollte deine Einstellung testen. Die Art, wie er das getan hat war schrecklich, aber deine Reaktion war dann doch nicht so, wie ich es mir vorgestellt hatte. Laurence hat mir allerdings erzählt, dass du meinem Ex, Michael, erklärt hast, wie er sich mir gegenüber verhalten soll und zwar auf die Steinzeitart. Ich muss zugeben, das hat mich dann doch überzeugt, dass du tatsächlich eingesehen hast, wie blöd du dich mir gegenüber verhalten hast. Im Endeffekt sollten wir ihm also danken, dafür, dass er uns die Augen geöffnet hat.«

Chris nickte und schien wirklich zu verstehen, was ich ihm gerade gesagt hatte.

»Okay, dann versteh ich jetzt, was du im Lift gemeint hast mit der Überraschung für mich. Also hab ich mich im Club sowieso ohne jeglichen Grund lächerlich gemacht und das auch noch vor deinem Chef.

Also wenn ich so darüber nachdenke, dann bin ich
ihm nicht dankbar dafür, aber ich hasse ihn auch nicht
mehr, das muss reichen.«

»Na gut, dann belassen wir es dabei, dass du ihn nicht
mehr hasst. Er wird gleich zu uns kommen, also reiß
dich bitte zusammen.«
Laurence sprach gerade mit Laura und Marc und wir
waren die Nächsten in der Reihe. Ana schien ihm wie
ein kleiner Hund zu folgen und immer direkt hinter
ihm zu stehen, also konnten wir nicht offen reden,
aber das war ich bereits gewohnt. Er verabschiedete
sich von Marc und zuckte gespielt zusammen, so als
hätte Marc seine Muskeln nicht unter Kontrolle und
zu fest zugedrückt. Er kam auf uns zu, drehte sich
aber zuerst zu Ana und sprach ein paar Worte mit ihr,
leider konnte ich nicht verstehen worum es ging.
Kurz darauf verschwand Ana und lies Laurence endlich alleine.

»Hallo Alex, schön dich zu sehen.«
Er küsste mich auf die Wange und reichte mir die
Hand.
»Alles Liebe zum Geburtstag, hier ein kleines
Geschenk von mir. Nichts wertvolles, aber ich habe es

selbst gemacht und denke, an deinem Schreibtisch
würde es sich gut machen.«

Ich umarmte ihn freundschaftlich und hielt ihm
danach das Geschenk hin.

Er öffnete es und schien sich wirklich darüber zu
freuen.

»Danke, das wäre nicht nötig gewesen. Wie ich
gehört habe, habt ihr mir ja ein tolles Golfset besorgt.
Diese Ana scheint mich unfassbar gut zu kennen.«

Er zwinkerte mir zu. Chris hielt die ganze Zeit über
meine Hand und beobachtete uns interessiert. Laurence sah nun zu Chris und streckte ihm die Hand hin.

»Freut mich, sie hier zu sehen Chris. Und heute kann
ich mich ganz offiziell vorstellen. Laurence Vendelin,
Geschäftsführer dieses Unternehmens und Fan ihrer
Freundin. Ich schätze Alex sehr, und habe mich
bemüht bisher ein Auge auf sie zu haben, aber ich
gehe davon aus, dass das jetzt nicht mehr nötig sein
wird.«

Chris nahm seine Hand und schüttelte sie.

»Alles Gute zum Geburtstag Mr. Vendelin. Ich
respektiere ihre Absichten, aber ab sofort wäre es
bestimmt besser, wenn sie mich ein Auge auf Alex
werfen lassen.«

Laurence nickte verständnisvoll und wirkte leicht beeindruckt von Chris.

»Ich werde mich zurückhalten, außer sie verhalten sich noch einmal so widerlich, dann garantiere ich für nichts. Und jetzt, wo sie wissen wer ich bin, wissen sie hoffentlich auch, dass man mich nicht gerne zum Feind hat. Also genießen sie die Feier und bleiben sie anständig.«

Laurence klopfte Chris leicht gegen die Schulter beim gehen und verschwand in der Menge. Endlich herrschte Klarheit zwischen uns. Laurence und Chris kannten sich jetzt offiziell und ich hatte keine Geheimnisse mehr vor meinem Freund. Meinem Freund, wie seltsam sich das anhörte. Wann ich es wohl das erste Mal laut aussprechen würde?

»Das lief doch ganz gut, oder?«

Seine Frage klang eigentlich wie eine Feststellung, trotzdem antwortete ich ihm.

»Ja, das lief toll. Danke, dass du ihn nicht mehr hasst und dich zusammengerissen hast. Er ist immer noch mein Boss und hat heute Geburtstag, deshalb weiß ich das sehr zu schätzen.«

Ich küsste ihn und gab ihm einen Vorgeschmack auf den heutigen Abend. Nachdem nun alles zwischen uns geklärt war und wir es miteinander versuchen wollten, stand meiner sexuellen Befriedigung endlich nichts mehr im Weg, ich konnte es kaum erwarten. Ob wir zusammen weiterhin in den Club gehen würden, mussten wir noch besprechen, aber wenn es nach mir ging, dann gab es nichts, was dagegen sprach.

Laurence ging auf die Bühne und tippte gegen das Mikrofon, er genoss nun die ungeteilte Aufmerksamkeit seiner Gäste. Um die Ansprache besser hören zu können, gingen wir zu Laura und Marc.

»Ich möchte mich herzlich bei allen bedanken, die sich an dieser Feier beteiligt haben, es war eine echte Überraschung und beinahe hätte ich einen Herzinfarkt bekommen. Es freut mich, dass viele von Ihnen auch ihre Partner mitgebracht haben. Sie alle verbringen sehr viel Zeit in dieser Firma, deshalb schätze ich es sehr, wenn sich auch ihre Familien ein Bild davon machen können, wie es hier so ist. Natürlich bin ich selbst auch neugierig darauf sie etwas privater kennenzulernen und freue mich deshalb darauf, mit ihnen allen heute den Abend gemeinsam zu verbringen. Für Getränke und Essen wurde offensichtlich gesorgt, und dafür möchte ich mich ganz besonders bei Ana Flannel bedanken. Sie hat, so wurde mir gesagt, die Organisation übernommen und diese Feier erst möglich gemacht, bitte dafür einen Applaus.«

Die Menge jubelte, und sogar ich klatschte meine Handflächen gegeneinnder, wenn auch lieblos. Ana stieg auf die Bühne und verneigte sich vor der Menge. Die Aufmerksamkeit gefiel ihr sichtlich gut.

»Vielen Dank Ana.«

Laurene deutete ihr, nun die Bühne wieder zu verlassen.

»Ich habe mir die letzten Monate immer mehr Gedanken über meinen Ruhestand gemacht und bin zu einem Entschluss gekommen. Es gibt eine junge Dame hier, der ich blind vertraue und die ich sehr schätze. Das wichtigste in meinem Beruf ist es, Handschlagqualität zu haben und ein Mensch mit Format zu sein. Natürlich sollte man auch gut in Mathe sein, aber das Wichtigste ist es mit Menschen umgehen zu können. Ich freue mich deshalb verkünden zu dürfen, dass ich ab Montag eine Kollegin von ihnen zu meiner neuen rechten Hand machen werde. Sie wird mich bei meinen Terminen begleiten, die Überlegungen die mich meine Entscheidungen treffen lassen kennenlernen und mir bei meiner gesamten Arbeit über die Schulter schauen, und wenn ein Jahr vorbei ist dann sehen wir, wie es weiter gehen wird.«

Ana griff sich mit den Händen vor den Mund und schien sich ziemlich sicher zu sein, dass es bei der Ansprache um sie ging.

»Ich bitte nun unsere Kollegin, Alex Murray zu mir auf die Bühne. Einen kräftigen Applaus.«

Chris drückte meine Hand so fest, dass es weh tat. Ich starrte immer noch hoch zur Bühne und konnte nicht fassen, was ich da gerade gehört hatte. Laurence wollte mich zu seiner rechten Hand machen? Ein Jahr mit ihm arbeiten und von ihm lernen? Das war tatsächlich eine Überraschung.

»Na komm schon, du musst da jetzt raufgehen. Die Leute warten auf dich.«

Er zog mich mit sich mit, und begleitete mich bis zur Bühne. Die letzten Schritte ging ich alleine und starrte Laurence dabei unentwegt an. Mein Mund wollte sich nicht mehr schließen. Ich hatte keine Ahnung was ich sagen sollte.

»Meine Damen und Herren, Alex Murray.«

Laurence streckte die Hände aus, in meine Richtung, so als würde er einen Neuwagen präsentieren. Die Menge klatschte immer lauter. Ich streckte meinem Boss die Hand hin, aber er umarmte mich und klopfte mir leicht auf den Rücken.

»Gratuliere, das hast du dir verdient.«

Diese Worte waren nur für mich bestimmt, das Mikrofon hielt er dabei nämlich nach unten. Als wir uns hinstellten und ich ins Publikum sah, konnte ich Laura und Marc sehen, die sich riesig für mich freuten und jubelten. Ana stand ganz vorne und warf mir einen verachtenden Blick zu, sie hasste mich jetzt definitiv mehr als noch vor fünf Minuten. Bevor ich Ausschau nach Chris halten konnte, drückte Laurence mir das Mikrofon in die Hand und deutete mir etwas zu sagen. Ich räusperte mich, schluckte einmal hinunter und holte tief Luft.

»Das mit dem Herzinfarkt kann ich nur aufgreifen, also bei mir wäre es vielleicht auch gleich so weit. Ich bin sprachlos und überwältigt. Vielen Dank für diese unglaubliche Chance und ich verspreche mein Bestes zu geben. Danke!«
Wieder jubelte die Menge und verabschiedete mich von der Bühne.

Chris stand direkt neben der Treppe und wartete auf mich.
»Wenn alles gut geht, dann könnten wir in einem Jahr Shades of Grey mal umgekehrt spielen, die Vorstellung gefällt mir. Ich schau dann in deinem Büro für

ein Interview vorbei und du bist die heiße, erfolgreiche CEO.«

Wieder schlug ich ihm gegen die Schulter und konnte noch immer nicht fassen, was da gerade passiert war.

»Du kennst den Film aber ziemlich gut, sag bloß du bist ein Fan?«

Chris schien sich etwas unwohl zu fühlen und kam ganz nahe an mein Ohr um mir etwas zuzuflüstern.

»Nicht der Film, ich hab natürlich das Buch gelesen. Du kannst dir gar nicht vorstellen, wie langweilig so ein Auslandseinsatz sein kann und was für Bücher man dort bei den Jungs so findet.«

Laura stürmte auf mich zu und schmiss mich beinahe um.

»Ich gratuliere dir Alex, wie toll ist das denn?«

Auch Marc gratulierte mir und darauf folgten immer mehr Kollegen. Auf der Bühne wurden Mikrofone und Musikinstrumente aufgestellt. Anscheinend kam der musikalische Beitrag als nächstes. Laurence stand noch auf der Bühne und bat um Aufmerksamkeit.

»So meine Lieben, es freut mich jetzt eine weitere, ganz besondere junge Dame anzukündigen. Sie ist erst seit kurzem in der Musikbranche, aber schon sehr erfolgreich. Ihr Vater, Senator Williams ist übrigens ein guter Freund von mir und diese Tatsahe erklärt bestimmt, wieso sie sich dazu bereiterklärt hat heute hier aufzutreten. Bitte begrüßen sie mit mir Haley Spectre.«

Ich hatte den Namen noch nie zuvor gehört, aber alle neben mir schienen sich auf die Dame zu freuen, also musste sie wohl bekannt und gut sein. Meine Augen mussten mir einen Streich spielen, denn die Frau, die auf die Bühne ging und ein Mikrofon in der Hand hielt war mir nicht fremd. Sogar alles andere als fremd, denn es war erst ein paar Wochen her, als sich unsere Zungen beinahe ineinander verfangen hatten. Die Sängerin war die unerfahrene kleine Barbie aus dem Club. Chris studierte meinen Gesichtsausdruck.

»Sag mal kennst du sie etwa nicht? Die kenn sogar ich und ihre Musik ist jetzt nicht unbedingt mein Ding, aber sie sieht nun mal wirklich gut aus und ihr Vater ist sehr bekannt.«
Deshalb hatte sie also die ganze Security bei sich. Sie war selbst erfolgreich und hatte einen Vater der politische Macht hatte, daher musste sie wohl besonders vorsichtig sein.

»Ich kenne sie eben doch. Ich wusste zwar nicht, dass sie Sängerin ist, aber ich weiß wie sich ihre Titten anfühlen.«

Ich zwinkerte ihm zu, und bemühte mich, ihm unmissverständlich klar zu machen woher ich sie kannte.

»Nein!? Du spielst mit mir, oder? Sag mir nicht, dass du was mit Haley Spectre hattest.«

Ich grinste bis über beide Ohren und nickte ganz langsam.

»Wann? Und was habt ihr alles gemacht?«

Er war so aufgeregt wie ein Kind an Weihnachten.

»Das ist erst ein paar Wochen her, kurz nachdem wir das erste Mal im Club waren.«

Sein Blick wurde finster.

»Okay, wir werden jetzt aufs Klo gehen, wo auch immer das nächste ist, aber weiter schaffe ich es nicht.«

Fest drückte er meine Hand und zog mich hinter sich her.

»Warte, was willst du mit mir machen wenn wir dort sind? Willst du etwa wieder Seifenblasen mit mir blasen? So wie früher?«

Chris blieb stehen und drehte sich zu mir. Sein ganzer Körper war angespannt und ich fühlte mich wieder, als wäre ich seine Beute.

»Wenn du da drinnen etwas blasen wirst, dann meinen Schwanz.«